Vogelfrei Taschenbuch

verlag vogelfrei

Zum Inhalt

Es hätte alles so schön sein können. Karlo Kölner hat seine Gefängnisstrafe abgesessen, ein paar gute Freunde stehen ihm zur Seite und verschaffen ihm sogar ein provisorisches Dach über dem Kopf. Da wird er eines Morgens von seinem Freund Kuhl gesehen, wie er sich über eine tote Frau beugt – ausgerechnet die Schwester seiner Ex-Freundin. Ermordet mit einer Sense, die Karlo tags zuvor noch in der Hand hatte. Als Karlo dann auch noch verschwindet, glaubt kaum noch jemand an seine Unschuld …

Schauplätze des Geschehens:

Das Rhein-Main-Gebiet, Frankfurts Vororte Fechenheim und Oberrad, außerdem Hofbieber in der Rhön.

Ein paar Freunde aus einem Frankfurter Vorort, die sich schon lange kennen. Die meisten von ihnen haben ein gemeinsames Hobby: das Motorradfahren. Ein Garten-gelände mit einem Häuschen darauf, das als Clubheim dient und eine Handvoll Personen aus dem Umfeld. Als die Katastrophe passiert ist, beginnt Hauptkommissar Gehring zu ermitteln.

verlag vogelfrei

Der Autor

Peter Ripper, Jahrgang 1954, ist selbstständiger Werbefachmann, Gitarrist bei einer Frankfurter Rockband und begeisterter Motorradfahrer.

Er lebt in Langenbieber in der Rhön und in Frankfurt am Main.

36145 Hofbieber
Internet: www.vogelfrei-verlag.de

Umschlaggemälde: Sergej Kasakow · www.kasakow-kunstmalerei.de
Lektorat: Stefanie Reimann, Frankfurt am Main
Druck: Druckreif GmbH, Frankfurt am Main
Umschlaggestaltung: Peter Ripper
Satz: SLG Satz, Layout, Gestaltung, Frankfurt am Main, 0177/3098536
ISBN: 978-3-9812188-0-0
2. Auflage März 2010

Peter Ripper

Karlo und der letzte Schnitt

Kriminalroman

verlag vogelfrei

Vorwort

Kennen Sie jemanden, der einen Mord begehen würde? Nein? Sind Sie sich sicher? Wirklich? Wer aber kennt dann einen Mörder? Oder auch nur jemanden, der fähig zu einem Mord wäre? Doch nicht ich, entgegnen Sie! Nun, vielleicht ist der Kontakt zu Ihrem Umfeld oberflächlicher, als Ihnen lieb sein kann. Denn irgendjemand muss sie ja begehen, die Untaten, die jeden Tag in der Zeitung stehen, über die in den Nachrichten berichtet wird. Über die wir den Kopf schütteln und manchmal denken: Das kann doch nicht sein, das ist ja wie im Kriminalroman!

Und glauben Sie mir, das was wir gemeinhin als verwerflich betrachten, liegt jedem Einzelnen von uns näher, als er sich selbst einzugestehen vermag. Denn die Liebe und der Hass schöpfen ihre Kraft aus ein und derselben Quelle, solange sich die Liebe aus Verletztheit, Stolz und anderen egoistischen Beweggründen in ihr Gegenteil verwandeln kann.

Und es wird ja nicht nur aus Liebe oder aus Hass gemordet. Da gibt es noch die Habsucht, die Gier, den Sex, den Alkohol und die Drogen. Auch geschehen zuweilen Dinge, die man einfach so nicht gewollt hat. Die aber, wenn sie erst einmal passiert sind, unser ganzes Leben verändern können. Wir verstricken uns dann immer tiefer und aussichtsloser in eine Situation, aus der wir plötzlich glauben, nicht mehr entkommen zu können. Und die Katastrophe nimmt ihren Lauf ...

Für wen legen Sie wirklich Ihre Hand ins Feuer ...?

1

Karlo Kölner schlug hart zu. Ein Schwinger seiner rechten Faust riss Sitka wieder in eine aufrechte Haltung, nachdem er ihm vorher sein Knie in die Magengegend gerammt hatte. Schwankend stand Bernd Sitka vor dem Tresen.

„Karlo, lass uns doch wie vernünftige Leute darüber reden …“ Karlo blieb stumm. Der nächste Schlag brach Sitka die Nase, dann wurde es tiefschwarze Nacht um ihn herum. Und in seinem verdammten Kopf. In seinem hübschen blondfrisierten Schädel mit der durchaus attraktiven Visage, auf die nun auch Jeannette reingefallen war.

Sitka spürte nicht mehr, wie er mit dem Kopf gegen den Spielautomaten prallte, nach links abknickte und direkt vor der Toilettentür längs auf dem Fußboden aufschlug. Der erste Tritt brach ihm die untere Rippe auf der linken Körperseite, der zweite die auf der rechten.

Harry Weber, der Wirt der Musikkneipe Bluesmühle im Frankfurter Stadtteil Fechenheim, schnappte sich sein Handy und ging in die Küche. Diesmal übertrieb Karlo eindeutig. Man konnte aber auch nichts machen, wenn er so drauf war. Vor allem hatte Harry keine Lust sich da reinzuhängen, um dann wie Bernd vor der Klotür zu enden.

Auf der anderen Seite war Karlo ein wirklich loyaler Freund. Er hatte ihm die letzte Zeit schon öfter mal ausgeholfen in der Kneipe. Und dabei den einen oder anderen

Streit beendet. Ohne Prügelei. Bernd war selbst schuld an dem Ärger, kam Harry Weber in den Sinn. Aber das hier war einfach zu viel. Er würde eine Streife rufen.

Karlo warf noch einen verächtlichen Blick auf den am Boden Liegenden, ging an den Tresen und setzte sein Bierglas an die Lippen. Er trank das kleine Pils in einem Zug aus und stellte das Glas hinter die Theke. Harry stand wieder hinter der Theke und machte große Augen. „Mach mir noch einen Jameson, Harry, und dann zieh mich ab, ich halte das hier nicht mehr aus.“ Zum Bezahlen kam Karlo nicht mehr.

Die beiden Streifenbeamten Dietmar Hund und Manfred Haffmann stolperten die Treppe zur vorderen Eingangstür der Bluesmühle hoch. Hund zog die schwere Tür auf. Das Erste, was er hörte, war Eric Claptons schöner Song „Layla“, leider in der vom großen Meister selbst verunstalteten Unpluggedversion. Haffmann tippelte folgsam hinter ihm her. Als Hund die zweite Tür zum Gastraum öffnete, bot sich den beiden ein bizarres Bild. Harry Weber stand hinter dem Tresen und polierte Gläser. Ein Vorgang, der so selten war, dass er intimen Kennern der Kneipe auf den ersten Blick sagte: Hier ist was faul. Ein älteres Paar saß auf der linken Seite der hufeisenförmig in den Gastraum ragenden Theke und hielt auf dem Tresen Händchen. Sie tranken das, was der Wirt für Rotwein hielt, und wirkten sichtlich eingeschüchtert. Auf der rechten Seite des Tresens saß Karlo Kölner auf einem der wackeligen Barhocker und hielt ein Whiskyglas in der Hand. Links neben ihm, direkt vor der Toilettentür, kauerte ein Mann stöhnend vor einer kleinen Blutlache und hielt sich die Hände vors Gesicht. Bluesbarde Eric Clapton betrauerte mittlerweile den tragischen Tod seines Sohnes. „Tears in Heaven“.

– 6 Monate später –

Es goss wie aus Kübeln. Der Sommer war vorbei und ein rauer Herbst ließ keine Spur mehr von den schönen Tagen übrig. Dicke Tropfen schlugen ihr Stakkato auf den grauen Asphalt und sammelten sich zu einem kleinen Bach vor dem Bordstein. Auf der Oberfläche entstanden blitzschnell große Blasen, die dann genauso rasch wieder zerplatzten. Zerplatzten wie der Traum von einem Sommer mit Jeannette. Jeannette, seiner Traumfrau. Jeannette, dem Miststück. Aber eben Jeannette.

Überhaupt, dieser Sommer. Ein Jahrhundertsommer, fast kein Regen, nicht zu warm und eine Luft wie Samt und Seide. Und das sogar mitten in Frankfurt. Und er, Karlo, war nicht dabei. Ruhiggestellt sozusagen. Ein halbes Jahr Knast, nur wegen eines blonden Weiberhelds, der seine dreckigen Finger nicht von Jeannette lassen konnte. Und dann noch nicht mal einen ordentlichen Schlag aushielt.

Doch dafür sollte er büßen. Heiße Empörung strömte durch Karlos Körper. Er würde den Kerl windelweich schlagen, würde ihm – aber verflixt noch mal, halt! War das nicht genau der Grund, warum er das letzte halbe Jahr auf Eis gelegen hatte? Warum er nur seinen Träumen nachhängen konnte, statt den Sommer zu genießen, den Sommer, von dem er sich so wahnsinnig viel versprochen hatte? Nein, das dürfte und das würde ihm nicht noch einmal passieren. Es gäbe bestimmt einen anderen Weg, es ihm zu zeigen, da war er sich ganz sicher.

Karlo verließ den Gebäudetrakt durch die kleine Tür, die links vom Haupteingang in die Betonmauer der Darmstädter Haftanstalt eingelassen war.

Dicke kalte Regentropfen schlugen ihm ins Gesicht. Willkommen in der Freiheit!

Er spannte den weiß-rot gestreiften Damenschirm auf, den Jeannette nach dem ersten Mal in seiner Wohnung vergessen hatte. An zwei Stellen hielt der Stoff nicht mehr am Draht und das Wasser lief langsam, aber stetig auf der Innenseite des Schirms entlang, bis in die Mitte, und tropfte von da auf seine rechte Hand. Er schaute einer leeren Zigarettenpackung nach, die wie ein kleines Schiffchen auf den nächsten Gullydeckel zutrudelte. Es war ein einsames halbes Jahr gewesen. Von seinen Mitgefangenen hatte er sich ferngehalten, so gut es ging, und es gab auch nur eher halbherzige Versuche, sich mit ihm abzugeben. Ein paar Kumpels hatten ihn schon besucht, klar, aber immer, wenn er auf Jeannette zu sprechen kam, machten sie dicht: nein, schon lange nicht mehr gesehen, keine Ahnung. Es war, verdammt noch mal, nichts rauszubringen aus den Burschen. Jeannette hätte ihn ruhig mal besuchen können. Gerade wo sie ja der eigentliche Grund dafür war, dass er ein halbes Jahr lang in diesem Bunker verrotten durfte.

Irgendwas stimmte da doch ganz und gar nicht.

–

Kuhl steckte den Schlüssel ins Schloss der Werkstatttür. Drehte den Kopf und schaute noch einmal über seine Schulter. Sein Blick wanderte langsam über den Hof, erfasste sein neues gelbes BMW-Motorrad und blieb schließlich drüben am Haus hängen. Im Parterre, wo sich das Wohnzimmer befand, brannte Licht. Alles wirkte ruhig. Seine Frau war während der Tagesschau vor dem Fernseher eingeschlafen. Mittlerweile war es halb neun geworden und er kam sich allein gelassen vor. So war er auf die Idee gekommen, nach der Sense zu sehen. Irgendein Schlamper hatte sie wieder einmal draußen stehen lassen. Sie war nass geworden, das Holz des Sensenstiels hatte sich mit Regenwasser vollgesogen und das Blatt hatte bereits begonnen zu rosten. Verärgert schüttelte er den Kopf und drehte den Schlüssel.

Er schlüpfte schnell in die Werkstatt, in der er seiner Liebhaberei nachging. Hier bastelte er an seinen alten Motorrädern, hier hatte er schon viele Stunden verbracht und versucht, seine Schätzchen so originalgetreu wie möglich zu restaurieren. Was hin und wieder auch von einigem Erfolg gekrönt war. Doch heute ging es um etwas anderes. Etwas ganz anderes. Sein sorgenvoller Blick galt dem rostig gewordenen Sensenblatt. Liebevoll nahm er die Sense in die Hand und ging zu dem Arbeitstisch an der Rückwand seiner Werkstatt. Er hatte sich bei einem Internet-Auktionshaus eigens eine Dengel-Vorrichtung zum Schärfen des ältlichen Mähgeräts besorgt. So hielt er sie immer scharf und einsatzbereit. Mit fast zärtlichen Handgriffen begann er, die Sense zu entrosten und zu schärfen. Dann rieb er den Sensenstiel mit einer speziellen Holzfirnis ein.

Nach etwa einer Stunde war er mit seiner Arbeit zufrieden. Er ging zu dem kleinen Kühlschrank unter der Werkbank und nahm sich ein Bier heraus. Griff sich einen Schraubenzieher, öffnete damit die Bierflasche und setzte sich auf einen alten ledergepolsterten Holzstuhl, der in der Nähe stand. Er stellte die Flasche auf seinem rechten Oberschenkel ab und hielt sie mit der Hand fest. Dann schloss er die Augen und begann nachzudenken. Nach einigen Minuten nahm er den ersten Schluck. Nach weiteren zwanzig Minuten hatte er die Flasche geleert. Er stellte sie neben den Kühlschrank in den Kasten und ging zur Tür. Er öffnete sie und schaute durch einen Spalt zum Haus hinüber. Das Licht im Wohnzimmer war mittlerweile erloschen. Seine Frau hatte sich offensichtlich zu Bett begeben. Was ihm nur recht war.

Er griff sich die alte wattierte Jacke, die er im Winter immer in der Werkstatt trug, wenn der Elektrostrahler der Kälte nicht mehr Herr wurde und zog sie über. Dann griff er sich die überholte Sense und verließ die Werkstatt.

Als er seinen Wagen startete, schaute er noch einmal prüfend auf den umgelegten Beifahrersitz, auf dem seine Sense lag. Im ersten Gang rollte er auf die Hauptstraße zu und bog rechts in Richtung Oberrad ab.

2

Jeannette Müller drehte sich auf den Rücken. Ein feiner kalter Luftzug streifte ihre nackte Schulter. Der Sommer war wohl wirklich gelaufen. Fröstelnd tastete sie nach dem blonden Mann neben sich. Seit Bernd Sitka sich in ihrer Wohnung breitgemacht hatte, lief es längst nicht mehr so glatt zwischen ihnen.

Er hatte zwar eine eigene Bleibe, nur eine Zweizimmerwohnung, doch immerhin. Die kleine Wohnung in der Leo-Gans-Straße hatte er bezogen, als er sich von seiner Frau getrennt hatte. Das Verhältnis zu ihr hatte sich im Laufe der Zeit zu einer mittleren Katastrophe entwickelt. Schuld war Sitkas Schwäche: Er konnte die Finger einfach nicht von anderen Frauen lassen. Seine Frau hatte irgendwann aufgegeben, sich darüber zu beschweren und im Gegenzug angefangen zu trinken. Vor einem Jahr war er dann ausgezogen und hatte sie mit ihrem kleinen gemeinsamen Sohn, damals sieben Jahre alt, alleingelassen. Nun war er froh, bei Jeannette wohnen zu können, denn hier brauchte er weder zu waschen noch sauberzumachen und wurde überdies noch bekocht.

Jeannette hatte ziemlich bald mitbekommen, dass Bernd ein wehleidiger Kerl war, irgendwie nicht der Mann, den er an der Theke seinen Kumpels immer vorspielte. Das änderte auch die teure Harley-Davidson nicht, die er sich – wie alles andere auch – auf Pump gekauft hatte. Die Jungs aus dem Motorradclub hatten ihn zwar immerhin als Mitglied aufgenommen, doch die meisten hielten ihn für einen Sonntags- und Schönwetterfahrer. Und machten keinen Hehl daraus. Aber er hatte immer einen lockeren Spruch auf den Lippen, und so war er nicht unbeliebt bei den anderen Clubmitgliedern.

Sitka spürte ihre Berührung, grunzte leise und drehte sich zu Jeannette hin. Er schob seine rechte Hand unter der Decke zu ihr, griff nach ihrer linken Brust und begann vorsichtig an der dazugehörigen Brustwarze zu spielen. Jeannette seufzte genervt und schob seine Hand weg. Das war schon wieder so ein Missverständnis.

„Nicht jetzt, Bernd, bitte, ich muss los, es ist schon reichlich spät." Um sich seine beleidigte Rede zu ersparen, rutschte sie aus dem Bett und steuerte aufs Badezimmer zu.

„Ach, Jeannette, du weißt auch nicht, was du willst. Da hast du mal einen richtigen Kerl im Bett und dann hältst du ihn ständig auf Armlänge." Bernd Sitka drehte sich verärgert auf die rechte Seite und zog die Decke höher.

„Ein richtiger Kerl", dachte Jeannette bekümmert. „Na ja, es stimmt, manchmal hat er ganz schön Ausdauer im Bett. Aber macht das allein schon einen richtigen Kerl aus?"

Seit einiger Zeit machten sich diese Zweifel immer breiter. Irgendwas blieb hier auf der Strecke. Sie schlug kommentarlos die Badezimmertür hinter sich zu. Wenn man sich doch nur ein bisschen mehr auf Karlo hätte verlassen können ... ja, der Karlo! Immer öfter in letzter Zeit schlichen sich Gedanken an Karlo in ihr Bewusstsein.

„Eigentlich müsste er langsam wieder aus dem Knast

raus sein“, dachte sie, während das heiße Wasser über ihren Körper rann. Den Körper, dem man die fünfundvierzig Jahre nicht ansah. Und erst recht nicht ihrem Gesicht. Keiner, der ihr Alter kannte, am wenigsten sie selbst, konnte sich so recht erklären, wie das kam.

Sie rauchte sehr viel, trank auch mehr, als der Arzt empfehlen würde, und ihre Ernährung war mehr „Fast als Food“. Trotzdem hatte sie die ganze lange Zeit ohne große Kratzer im Lack überstanden und die Kerle fragten nach allem Möglichen. Nur nicht nach ihrem Alter. Danach hatte bislang eigentlich nur Karlo gefragt. Karlo. Je mehr sie darüber nachdachte, desto mehr tat er ihr leid. Es war zwar nicht in Ordnung, dass er Bernd derartig vermöbelt hatte, aber war sie nicht ein wenig mit schuld an der Situation? Sie fing an sich Vorwürfe zu machen.

Irgendwie war der Bernd einfach dazwischengekommen. Okay, ein bisschen war sie schon reingefallen auf den hübschen Kerl. Aber warum nur war Karlo auch ein solcher Chaot! Sie versuchte ihre Sprunghaftigkeit vor sich selbst zu rechtfertigen. Es gelang ihr nur kümmerlich.

„Sicher ist er tierisch sauer“, kam es ihr in den Sinn, „ich habe ihn kein einziges Mal besucht ...“

Ein wenig sorgenvoll dachte sie an das wohl nicht zu vermeidende Zusammentreffen mit Karlo. Er würde wohl bestimmt bei Harry in der Bluesmühle auftauchen. Und – verdammt noch mal – hatte ihm überhaupt jemand von der Schweinerei mit seiner Wohnung erzählt? Es würde auf jeden Fall eine Menge zu reden geben.

Als sie im Büro ankam, war sie bereits eine Viertelstunde zu spät. Für den Mittag nahm sie sich vor, ihre Schwester Rosi anzurufen. Die hatte schon die letzte Woche eine

Nachricht auf den Anrufbeantworter gesprochen. Irgendwas von einem neuen Kerl, große Liebe wieder mal, und man solle sich doch unbedingt sehen, vielleicht bei Harry ein Bier zusammen trinken, es gäbe so furchtbar viel zu erzählen ...

Lag das irgendwie in der Familie? Wenn sie, Jeannette schon sprunghaft mit den Männern umging, wie nannte man das dann erst bei ihrer Schwester? Jeannette war nicht sonderlich erpicht darauf, mit ihrer Schwester in die Kneipe zu gehen, weil sie wusste, dass immer ein Eklat in der Luft lag, wenn Rosi Alkohol trank.

Und seit ihr Mann, Erwin Steinberger, von einem Tag auf den anderen von zu Hause ausgezogen war, trank sie viel. Weiß der Teufel, was da vorgefallen war. Eigentlich wollte sie es gar nicht wissen. Allerdings, so dachte Jeannette, musste es schon etwas Schwerwiegendes gewesen sein, so verliebt wie Erwin immer wirkte, wenn die beiden zusammen auftauchten. Hatte sich Rosi wieder mal eine Extratour geleistet und Erwin war dahintergekommen?

Sie schaltete ihren Computer ein und fuhr das Zeichenprogramm hoch. Ein paar Stunden arbeitete sie angestrengt an ihrem Teil eines neuen Projektes, das ihre Firma bei einer Ausschreibung gewonnen hatte. Sie hatte die Systematik des neuen Zeichenprogramms noch nicht ganz durchschaut und musste sich deshalb besonders konzentrieren. Das hatte den großen Vorteil, dass sie für eine gewisse Zeit nicht mehr über Rosi oder, noch schlimmer, über ihr eigenes Verhältnis mit Bernd Sitka nachgrübeln musste.

Um kurz nach zwölf meldete sich dann der Hunger. Also sicherte sie die letzten Eingaben, zog ihre Jacke an und verließ das Büro, um gegenüber in der kleinen Pizzeria einen

Teller Gnocchi zu essen. Und einen kleinen Roten dazu zu trinken. Um Viertel nach eins war sie dann zurück an ihrem Schreibtisch und griff zum Telefon. Sie wählte die Nummer des Katasteramtes.

Gerade als sie auflegen wollte, nach dem zehnten Klingeln, meldete sich eine männliche Stimme: „Stadt Frankfurt, Amt für Bodenmanagement. Mein Name ist Gerber, was kann ich für Sie tun?"

„Guten Morgen, Herr Gerber, hier ist Jeannette Müller. Ich hätte gerne mal mit meiner Schwester gesprochen, der Rosi Steinberger, ist das möglich?"

„Das tut mir leid, Frau Müller, ich habe Ihre Schwester heute noch nicht gesehen", vernahm Jeannette vom anderen Ende der Leitung. „Ist sie denn krank oder hat sie Urlaub?", wollte sie wissen.

„Das kann ich Ihnen leider nicht sagen, vielleicht kommt sie ja noch oder meldet sich irgendwie. Versuchen Sie es doch etwas später noch einmal", beschied Rosis Kollege. Jeannette bedankte sich und legte auf. Das war wieder typisch Rosi. Wahrscheinlich war sie versackt und laborierte an einem gewaltigen Kater herum. Oder ihr neuer Kater an ihr. Oder, oder, oder. Wie auch immer. Sie würde es später noch mal versuchen.

Indessen blickte Stefan Gerber ziemlich unzufrieden vor sich auf seinen Schreibtisch. So ganz die Wahrheit hatte er eben nicht erzählt. Er war sich nicht sicher, warum er verschwiegen hatte, dass Rosi im Büro war. Aber irgendwie hatte er das Gefühl, dass er heute morgen seiner Kollegin viel zu viel erzählt hatte. Und da er sie als begeisterte Plaudertasche kannte, wollte er ihr wohl zuerst noch etwas

Zurückhaltung auferlegen, wegen der Neuigkeit, die er ihr heute Morgen hatte zukommen lassen. Unvorsichtigerweise.

Dank Rosis Mitteilungsdrang kannte er die ganzen privaten Verwicklungen seiner Kollegin. Inklusive Trennung, neuem Freund und allen Namen, die in ihren wechselhaften Lebenslauf passten. Was allerdings nicht so passte, war die Tatsache, dass Rosi nicht über den Grund ihrer kürzlich erfolgten Trennung von Erwin sprach. Andererseits, überlegte er, wäre er kein Mann gewesen, wenn ihm ihre leicht ordinäre Attraktivität nicht aufgefallen wäre. Daher war es ihm leider passiert, dass er unter dem Einfluß seiner Hormone zu viel von seinem Insiderwissen preisgegeben hatte.

So hatte Rosi erfahren, dass das gesamte Gartengelände, in dem auch das Grundstück ihres neuen Freundes lag, angeblich demnächst zum Baugebiet werden sollte. Die Reaktion hätte er auf jeden Fall voraussehen müssen:

„Whow, Wahnsinn, das ist ja mal eine gute Neuigkeit." Rosi blickte ihrem Kollegen Gerber aufgeregt ins Gesicht. „Da wird Mick ja Luftsprünge machen, so klamm wie der im Moment ist. Der will das Grundstück doch sowieso so schnell wie möglich verkaufen. Und jetzt wird er auch noch richtig reich damit, wenn die Sache durch ist. Das muss ich ihm gleich erzählen!"

Spätestens jetzt wurde Gerber unsicher. Er versuchte verzweifelt abzuwiegeln. „Aber Rosi, bitte, ich würde da noch mal warten, das wird bestimmt noch eine Zeit dauern. Außerdem wissen wir doch noch gar nichts Genaues. Wir sollten jetzt nicht über Dinge reden, die noch nicht fest stehen. Wenn die endgültige Entscheidung auf dem Tisch liegt, erfährt der Besitzer das doch automatisch. Stell dir doch nur vor: dein Freund rechnet fest damit und dann wird diese Angelegenheit anders entschieden. Das wäre doch eine Riesenenttäuschung für ihn. Willst du das? Nein, Rosi, das kann ich mir nicht vorstellen! Ganz abgesehen von dem Ärger, den du mir damit verursachen kannst!"

Nervös wischte er mit den Händen über seinen Schreibtisch. „Ich denke, du solltest erst mal nichts davon erzählen. Ich weiß ja selbst noch nicht genau, was an der Sache dran ist." Doch Rosi war nicht zu bremsen. „Aber wieso denn, ich muss doch verhindern, dass Mick verkauft, bevor das Gelände so viel Geld wert wird. Wenn er weiß, dass sich das Grundstück vielleicht verteuert, wartet er bestimmt noch. Und wenns damit dann nichts wird, kann er ja trotzdem verkaufen!"

Gerber atmete tief durch. Es vergingen ein paar unangenehme Minuten, in denen nichts gesprochen wurde. Dann schaute er die Kollegin lange an. Rosi bemerkte es und guckte etwas verwirrt zurück, und als ihr Blick an seinen Augen hängenblieb, lief ein kleiner Schauer über ihren Rücken. Diesen Blick kannte sie nicht von ihrem Vorgesetzten. Nicht dass sie ihn als lästig empfunden hätte, nein. Schließlich war ihr Chef ein stattlicher, gutaussehender Mann. Und sie hatte noch nie etwas gegen stattliche Männer gehabt, vor allem nicht gegen gutaussehende. So nahm sie zwar den intensiven Blick Gerbers sehr wohl wahr. Das gefährliche Funkeln darin übersah sie allerdings.

„Hättest du Lust, heute Mittag eine Kleinigkeit mit mir zu essen? Ich würde gerne einmal wieder zu dem Spanier an der Ecke gehen. Der macht doch so einen tollen Mittagstisch. Und ein kleines Gläschen Wein könnte ich auch vertragen." Gerber wechselte das Thema. Seine Stimme klang ein wenig rau.

Rosi schaute Gerber traurig an. „Eigentlich würde ich schon gerne. Aber das ist leider nicht meine Preisklasse. Ich glaube nicht, dass ich so viel Geld dabeihabe, zumal ich heute Abend noch einkaufen will."

„Nein, nein", erwiderte Gerber schnell, „Du bist natürlich eingeladen. Ich hätte noch eine Kleinigkeit mit dir zu bereden und da ... na ja, ich würde mich halt freuen, wenn du mitkämst." Dann schaute er ein wenig verlegen. „Aber nur wenn du das auch wirklich möchtest."

Doch Rosi war schnell zu überzeugen. Gerber hatte schon damit gerechnet. Aber dass es so schnell gehen würde, das hätte er nun doch nicht gedacht. Rosi war hurtig aufgesprungen, hatte schon ihre Jacke über dem Arm und sah Gerber herausfordernd an. „Also gut, was ist, gehen wir?"

Gerber lächelte sie an, ging zur Garderobe und hängte sich den leichten anthrazitfarbenen Mantel über, den er sich letzte Woche gekauft hatte. Designerware. Rene Lezard. Leider teuer, wie die unverschämte Werbung arrogant verhieß. Gerber störte sich nicht daran, denn er mochte keine billigen Sachen. Was selten konform mit seinem zwar sehr ordentlichen, aber nicht immer ganz ausreichenden Gehalt ging. Doch Gerber hatte vor zwei Jahren eine Erbschaft gemacht. Als seine Mutter gestorben war, hatte sie ihm ein kleines Häuschen vererbt. Und nun konnte er auf einmal auch die sehr ordentlichen Ersparnisse seiner Eltern sein eigen nennen.

Mit einer großen Geste bat er Rosi durch den Türrahmen und zog die Bürotür ins Schloss. Als er den Schlüssel drehte, wandte er Rosi Steinberger den Rücken zu. So entgingen ihr die fest aufeinandergepressten Lippen Gerbers und sein entschlossener Gesichtsausdruck. Als er sich wieder seiner Begleitung zugewandt hatte, war nur noch ein verbindliches Lächeln auf seinem Gesicht zu sehen. „Na, dann wollen wir mal ..."

Es waren nur etwa dreihundert Meter, nur ein kurzer Fußweg bis zum spanischen Restaurant an der Ecke. Rosi Steinberger hatte sich unversehens bei Gerber untergehakt. Nicht dass es ihm unangenehm gewesen wäre, nein, ganz im Gegenteil. Aber er hoffte doch sehr, dass keiner der Kollegen das mitbekäme. Es wurde doch immer gleich geredet. Stefan Gerber war zwar nicht verheiratet und wohnte alleine, aber er konnte das Getratsche unter Kollegen auf den Tod nicht ausstehen.

Schnell waren sie vor der Gaststätte angekommen. Gerber war die fünf Stiegen zur Restauranttür vorausgegangen und hielt zuvorkommend die Tür auf. Rosi schlüpfte an ihm vorbei und sah sich um. Das Restaurant war gut besucht, wie eigentlich immer, aber links vom Eingang war noch ein kleiner Zweiertisch frei, direkt am Fenster. Gerber nahm Rosi die Jacke ab, hängte sie an die Garderobe neben der Tür, behielt aber selbst den Mantel an. Er wandte sich mit leicht verlegenem Gesicht an Rosi „Entschuldige, Rosi, das hatte ich ganz vergessen. Ich muss noch schnell ein kurzes Gespräch führen. Du kannst ja schon mal die Karte studieren. Es wird nicht lange dauern. Bestellst du mir schon mal ein Gläschen von dem weißen Rioja und ein Wasser, bitte?"

Er suchte nach seinem Mobiltelefon, wurde in der linken Innentasche fündig und schaute kurz auf das Display.

Der Akku war so gut wie leer. Es würde hoffentlich noch reichen für das kurze Gespräch. Dann trat er vor die Tür und lief langsam nach rechts. Er wählte eine Handynummer und lauschte dem Freiton, während er an der Längsseite des Restaurants langsam auf und ab lief. Sein Gesicht hellte sich auf, als abgehoben wurde. „Hallo, ich bins. Ich hab hier eine heiße Sache. Wir müssen uns unbedingt treffen. Aber du ...“ Er vernahm einige schnell aufeinanderfolgende Pieptöne aus dem kleinen Lautsprecher seines Handys. Verärgert schaute er auf das Display. Die Verbindung war abgerissen. Der verdammte Akku war leer. Nun, es war nicht zu ändern. Da musste er wohl ein wenig umdisponieren.

3

Nach der Arbeit zu Hause angekommmen, wählte Jeannette Müller die Privatnummer ihrer Schwester. Fehlanzeige. Dann eben das Handy. Nichts, nur die Mailbox. Typisch Rosi: *„Wenn Sie wirklich was von mir wollen, versuchen Sie es später noch mal. Wenn nicht, warum haben Sie dann überhaupt angerufen? Erklären Sie mir das bitte nach dem Piepton!"*

Insgeheim begann Jeannette, sich Sorgen um ihre kleine Schwester zu machen. Doch dann kam ihr Angenehmeres in den Sinn, denn sie hatte zwei Tage Urlaub genehmigt bekommen. Sina Mehler, eine liebe alte Freundin, hatte sie zum fünfzigsten Geburtstag eingeladen. Diesen wollte sie am Freitag, dem 19. Oktober feiern. Jeannette gedachte nach voraussichtlich etlichen Gläsern zu viel bei ihrer Freundin zu übernachten. Auch deshalb hatte sie sich freigenommen. Den Donnerstagvormittag wollte sie nutzen, um noch ein passendes Geschenk zu besorgen. Später dann, am Nachmittag, wollte sie zu ihrer Freundin in die Rhön fahren. In diese großartige Mittelgebirgslandschaft war Sina vor acht Jahren gezogen, fünfzehn Autominuten von Fulda entfernt. Jeannette griff zum Telefon und wählte Bernd Sitkas Telefonnummer. Sitka hatte seit gestern nichts von sich hören lassen, was ungewöhnlich war, schätzte er doch die Bequemlichkeit der fremden Wohnung in hohem Maße. Er befand sich in seiner Bleibe und hob nach kurzem Klingeln ab.

„Hallo, Bernd? Ja, wo steckst du denn? Was? Ach so, das Fußballspiel, hatte ich ganz vergessen."

Sitka hatte sein Ausbleiben schon vorher angekündigt. Das hatte sie jedoch ganz verdrängt. Jeannette stand nämlich auf Kriegsfuß mit dem Fußball und so hatte er beschlossen, das vorgezogene Fußballspiel der Eintracht bei sich zu Hause im Fernsehen anzuschauen.

„Aber von heute bis zum Samstag bin ich nicht da", eröffnete Jeannette. „Du weißt doch, der Geburtstag von Sina Mehler. Ich fahre schon heute Abend nach Hofbieber in die Rhön und bleibe bis Samstagmorgen. Wir sehen uns dann am Samstag. Du kannst ja rüberkommen, wenn du möchtest. Hast ja den Schlüssel hoffentlich noch ... bitte was? ... jaja, ich Dich auch, bis dann."

Jeannette legte auf. Ich dich auch? Na, wenn das noch stimmte. Sie wurde immer unsicherer, was Bernd betraf. Und mit dem Schlüssel war sie wohl auch etwas voreilig gewesen. Aber jetzt würde sie trotz allem ihre Ruhe genießen.

Und am Freitag endlich wieder einmal richtig feiern.

–

In der Nacht zum Donnerstag

Die Alte hatte ihn wieder einmal zur Verzweiflung getrieben. Wie lange waren sie jetzt schon verheiratet? Vierzig Jahre oder mehr? Er vermochte es nicht genau zu sagen. Es war ihm auch egal. Scheißegal. Er hatte seine Interessen. Sie hatte die ihren. Er wusste, was ihm guttat, sie wusste, was ihm missfiel. Also tat er, was ihm guttat, und sie tat alles, um es ihm wieder zu verleiden. So ging das schon lange. Das einzige Interesse von ihr bestand darin, ihn zu schikanieren und zu kritisieren. Vielleicht musste das nach all der Zeit passieren. Aber andererseits konnte er sich ein Leben alleine auch nicht mehr vorstellen. Liebe? Waren sie dafür zusammen nicht viel zu alt geworden? Das war doch was für junge Leute. Gab es so was wie Liebe überhaupt oder war das alles nur ein übertriebenes Getue? Er konnte sich nicht mehr erinnern. Hatten ihn all die gleichförmigen Jahre so verbittert gemacht?

Auf jeden Fall hatte er im Laufe des Abends ein paar Flaschen Bier geleert und dabei irgendeinen Mist im Fernsehen geguckt. Wenn der Fernseher lief, konnte er immer behaupten, die Sendung interessiere ihn. Dann brauchte er der Alten nicht zu antworten. Dieses Mal aber hatte es nichts genutzt. Sie hatte ihn alles zusammengescholten, nur weil seine Schuhe nach der Gartenarbeit nicht ganz sauber gewesen waren, als er gestern Abend nach Hause gekommen war. Dieser elende Putzfimmel. Das war auch so ein Thema. Er hatte sich ein dickes Fell zugelegt, aber heute ging sie ihm besonders auf die Nerven. Also schlurfte er zu seinem Spezialschrank, wie er ihn nannte, und holte sich ein Glas von seinem über alles geliebten Obstler. Er holte sich ein großes Glas, nein, ein sehr großes Glas. Er trank es dieses Mal nicht zum Genuß, er redete sich ein, er brauche es zu therapeutischen Zwecken. Es half ihm, aber es half nicht viel. Er verspürte das dringende Bedürfnis, die eheliche Wohngemeinschaft noch einmal zu verlassen, das Bedürfnis nach frischer Luft und vielleicht noch einem Bier in irgendeiner Kneipe, in der ihn keiner dumm anquatschen würde. Es war schon ziemlich spät, aber irgendwo in der Gegend war bestimmt noch eine Gaststätte geöffnet.

Er zog sich also seinen dicken grünen Lodenmantel an, den seine Frau so hasste und vergewisserte sich, dass er auch wirklich seine Wohnungsschlüssel bei sich trug. Er ging noch einmal zu seinem Spezialschrank und entnahm ihm eine kleine schwarze Taschenlampe, die er im Inneren seines Mantels verschwinden ließ. Dann verließ er sein trautes Heim, betrat die Straße und lief los.

Er bog in die Offenbacher Landstraße ein, überquerte diese und lief ein paar hundert Meter der Nase nach geradeaus. Dann nahm er den kleinen asphaltierten Feldweg durch die Schrebergärten. Der Himmel war wolkenverhangen und es war ziemlich dunkel. Aber seine Augen funktionierten im Dunkeln noch recht gut, und außerdem kannte er sich hier aus. Rechts und links nahm er undeutlich die Hecken und Obstbäume der Gärten wahr. Je weiter er in das Schrebergartengelände eindrang, desto dunkler schien es zu werden. Als er nach seiner Taschenlampe greifen wollte, sah er vor sich einen großen dunklen Umriss. Er ließ die Lampe in seiner Tasche stecken und starrte angestrengt in die Finsternis. Es schien ein Auto zu sein, das da links am Weg vor dem vorletzten Garten auf dieser Seite parkte. Er registrierte eine Bewegung hinter dem

Fahrzeug. Seine Neugier war geweckt. Er drückte sich in den Schatten der Hecken auf der linken Seite des Wegs, duckte sich und schlich mühsam näher. Die alten Knochen machten auch nicht mehr alles mit. Aber die Neugier ließ ihn seine Rückenschmerzen vergessen. Eine schemenhafte Gestalt mühte sich angestrengt mit einer schweren großen Last ab. Er hörte das angestrengte Schnaufen und ein Scharren am Boden. Ganz vorsichtig schlich er näher und versuchte Einzelheiten in der Dunkelheit auszumachen. Es schien ein Mann zu sein. Der heimliche Beobachter hielt die Luft an. Offensichtlich handelte es sich bei der schweren Last um den leblosen Körper eines Menschen. Der Unbekannte schleppte das Bündel ungefähr bis zur Mitte des Gartens und ließ es dann zu Boden gleiten. Er drehte sich um und ging wieder auf das Gartentor zu. Wieder vor dem Garten angekommen, verschloss er das Tor und wendete sich seinem Fahrzeug zu.

Der Mann im Lodenmantel duckte sich jetzt noch tiefer vor die Hecken und sah, wie der Unbekannte in seinen Wagen stieg und ihn startete. Man vernahm die Klänge eines Dieselmotors. Der Wagen rollte los und wurde langsam und vorsichtig den Weg entlang gesteuert, in Richtung Offenbacher Landstraße. Das Licht blieb dabei ausgeschaltet.

Als der Wagen in der Nacht verschwunden war, schaute sich der nächtliche Spaziergänger noch einmal um und vergewisserte sich, dass ihn niemand beobachtete. Als er ganz sicher war, dass sich keiner mehr in der Nähe befand, ging er zum Gartentor hinüber und griff durch die Streben des zweiflügligen Eingangs, entriegelte die Halterung und schob die beiden Torflügel auf. Dann ging er vorsichtig auf die Stelle zu, an der er den leblosen Körper vermutete ...

4

Es war schon eine wildromantische Idylle, die Kleingartenanlage zwischen den Mietskasernen und dem neuen Industriegebiet von Frankfurt-Oberrad. Genau genommen war das Industriegebiet gar nicht mehr so neu, nur die Älteren konnten sich noch daran erinnern, wie es angefangen hatte, als die Felder verschwanden und einige der kleinen Bauern gezwungen waren, ihre Scheunentore zu schließen. Für die Jüngeren war das Industriegebiet schon immer da gewesen. Eine Großbäckerei, die Fleischzentrale, ein Autohändler, Speditionen – alles Unternehmungen, die nicht gerade die ehemals dörfliche Romantik unterstrichen.

Am Rand gab es etliche verbliebene Gärten. Hier wurde der Verfall deutlich sichtbar. Abgestellte Waschmaschinen, Kühlschränke und jede Menge Kleinmüll stapelten sich entlang des kleinen, mittlerweile geteerten Feldwegs, der das Wohn- mit dem Industriegebiet verband. In einigen der Gärten stand allerlei Selbstgebautes. Im weitesten Sinne hätte man die teilweise skurrilen Bauwerke Gartenhütten nennen können. In den meisten Fällen wurden diese seltsamen Gebilde, hergestellt aus diversen alten Baumaterialien, ausrangierten Fensterelementen, Wellblech und natürlich etlichen Asbestplatten auch zu diesem Zweck genutzt.

Eine Ausnahme bildete ein niedriges, lang gestrecktes Gebäude, das offensichtlich einen Kamin besaß. Es diente früher dem Militär an anderer Stelle als Behelfswohnheim und wurde irgendwann hier wieder aufgebaut. Es bestand sogar eine Ausnahmegenehmigung zum Wohnen. Mick Fander, der jetzige Besitzer, hatte keine Lust mehr, das Grundstück als Garten zu nutzen, was er lange Zeit getan hatte. Er erwog seit längerem, alles zu verkaufen. Allzuviel würde das nicht bringen, aber die jetzigen Mieter hatten schon Interesse an der Liegenschaft signalisiert.

Außerdem brauchte er dringend Geld!

Das Gebäude bestand aus drei hintereinandergelegenen Räumen, in Modulbauweise aneinander gesetzt. Alle waren durch eine Tür miteinander verbunden. Es gab zwei Eingänge. Einer davon führte über einen Windfang und eine zweite Tür in den ersten Raum. Der zweite befand sich am Ende des Gebäudes und führte direkt ins dritte Zimmer. Fenster gab es nur auf der Eingangsseite, für jedes Zimmer eines.

Die momentanen Mieter, die Mitglieder eines Motorradclubs und deren Freunde, nutzten den Garten und das dazugehörige Häuschen nun als Clubtreff, und einmal in der Woche sah man sich hier, um sich gemeinsam das eine oder andere Bierchen zu genehmigen, zu grillen, eine gemeinsame Motorradtour zu planen oder einfach ein wenig miteinander zu reden. Viele der Motorradfahrer kannten sich noch von früher, teils noch aus der Schule, andere hingegen waren erst später hinzugekommen, waren teilweise auch noch etwas jünger, was den Altersdurchschnitt erfreulich nach unten korrigierte.

Es war notwendig geworden, mächtige Gitter vor die Fenster zu schrauben, da sich durstige Kehlen immer mal wieder gewaltsam Zugang verschafften, um die Getränkevorräte zu dezimieren. Diese wiederum befanden sich in einem kleinen Erdkeller unter dem dritten Raum, der als Gartenwerkzeug- und Leergutlager genutzt wurde und in dem außerdem ein alter schwerer Bäckereiofen installiert war.

Das mittlere Zimmer war mit ausrangierten Geräten und Möbeln zu einer ordentlich funktionierenden Küche umgebaut worden.

Im vorderen Zimmer stand in der Mitte ein eiserner Ofen vor einem schmalen Kaminschacht. An der Stirnseite des Raums befand sich ein langer Tisch mit Stühlen ringsherum. An der gegenüberliegenden Wand, links neben der Verbindungstür zum zweiten Zimmer, prangte stolz eine alte Kneipentheke.

Auf dem Stuhl am Ende des Tisches, der Theke den Rücken zugewandt, saß Karlo Kölner.

Es war Donnerstag, halb zehn Uhr morgens, und er biss beherzt in ein Croissant.

Karlo Kölner war einen Meter achtzig groß und hatte kein Gramm Fett auf den Rippen. Ein sehniger Typ mit kräftigen Armen, mit Händen, die fest zupacken konnten. Sein Haupthaar war seinem Alter angemessen – er war gerade fünfundfünfzig geworden – und die Geheimratsecken schnitten sich wie kleine Fjorde in sein dunkelbraunes Haar. An den Schläfen allerdings schimmerte es bereits verdächtig silbern.

Man konnte ihn beileibe nicht hässlich nennen. Er sah auf seine nachlässige Art fast schon gut aus. Kölners größter Fehler aber war wohl seine aufbrausende Art. Wenn ihm etwas gegen des Strich ging, neigte er dazu, schnell auszurasten und der Zielperson seiner Wut kräftig eins auf die Nase zu geben. Trotzdem tendierten etliche seiner Bekannten zu dem Glauben, dass Kölner kein wirklich gewalttätiger Mensch war. Er hatte in seinem Leben viel Zeit auf der Straße verbracht und sich seinen Lebensunterhalt auf Baustellen verdient.

Im Gegensatz zu den Baustellen war er auf der Straße schnell der Chef gewesen, musste es sein, um nicht ganz in der Gosse zu landen.

Seit es die Bluesmühle gab, hatte sich sein Leben etwas stabilisiert. Es hatten sich einige Bekanntschaften, bei manchen konnte man schon sagen: Freundschaften, ergeben. Ab und zu half er in der Kneipe aus und hatte auch schon so manchen betrunkenen Streit, der ihn nicht selbst betraf, völlig unblutig beendet.

Nein, Karlo Kölner war kein schlechter Kerl. Er redete ein bisschen zu viel, aber er war ein guter Handwerker. Allerdings kontrollierte man ihn besser des Öfteren, wenn er etwas tat. Er verzettelte sich gern und strukturiertes Handeln war nicht so sein Ding. Er war aber nicht ungebildet oder gar dumm, besaß seine ureigene Intelligenz, die man am besten als eine Art instinktiver Überlebensstrategie beschreiben konnte.

Es wäre vielleicht etwas zu hoch gegriffen zu sagen, er sei ein Lebenskünstler gewesen, ganz falsch läge man mit dieser Behauptung allerdings nicht. Er war hilfsbereit und Freunde konnten alles von ihm haben.

Wenn er mal was hatte.

Im Moment hatte er mal wieder nichts. Fünfundsechzig Euro in der Tasche, keinen Job, und die Wohnung war auch weg. Na ja, so toll war die Wohnung in einem Hinterhof in der Starkenburger Straße nicht gewesen. Ja, überhaupt, die Sache mit der Wohnung!

Genau genommen war es ein kleines einstöckiges Gebäude, mit einer bewohnbaren Etage über einer alten Waschküche, die nur noch von der Mutter des Vermieters benutzt wurde. Die Räume waren mit ausgedienten Möbeln des Vermieters ausgestattet gewesen. Die Toilette war ebenerdig gelegen und durch eine dünne Mauer von der Waschküche abgeteilt.

Über eine Außentreppe gelangte man durch die Eingangstür direkt in die winzige Küche, die eigentlich nur deshalb an dieser Stelle lag, weil sich hier der einzige Wasseranschluss befand. Alles in allem war es nicht allzu schade darum. Das Gebäude war abgerissen worden, angeblich wegen Baufälligkeit.

Dass dieses allerdings während seines Knastaufenthaltes passiert war, empfand Kölner als besonders hinterhältig. Denn als er an jenem verregneten Novembertag nach seiner Entlassung zu sich nach Hause gehen wollte, stand er mit seiner zerknautschten Sporttasche völlig durchnässt vor einem leergeräumten Grundstück. Es war sehr wahrscheinlich Karlos Glück, dass der Vermieter an diesem Nachmittag nicht zu Hause war. Er hätte ihm gerne kräftig eins auf die Nase gegeben. Und dann wäre das Wohnproblem ganz bestimmt schnell wieder auf Staatskosten gelöst worden ...

Aber zum Glück gab es ja Freunde. Deshalb saß er hier und frühstückte, mit einem Dach über dem Kopf. Und es war sogar warm. Dafür sorgte der kleine Ofen, den er mit alten Zeitungen und Brennholz befeuert hatte. Nun verbreitete er eine angenehme Wärme in Karlos neuer Unterkunft.

Herbert Reinfeld, das neueste Mitglied im Motorradclub, seit einiger Zeit Besitzer einer mächtigen Moto Guzzi California, hatte seine neuen Kumpels gefragt, ob Karlo vorübergehend in der Hütte unterkommen könne. So lange, bis er wieder eine Wohnung gefunden hätte. Nicht alle hatten sich begeistert gezeigt von dieser Idee.

Allerdings mussten die Kritiker zugeben, dass sich dadurch vor allem nachts jemand vor Ort befand, und das würde das Einbruchsrisiko bestimmt ganz erheblich senken. Besonders mit Karlo Kölner als Nachtwächter. Daher stimmte man mit gemischten Gefühlen zu.

Karlo hatte die Gunst der Stunde genutzt und war am Mittwoch gewissermaßen „eingezogen". Es war früh gewesen, noch vor sieben Uhr, und Dunkelheit verhüllte das Gelände zu dieser Stunde. Er hatte sich an einer Tankstelle ein paar Lebensmittel besorgt, etliche Päckchen mit eingeschweißter Wurst und etwas Käse, eine Tüte mit vorgeschnittenem Brot und Croissants zum Aufbacken, und war mit seinem spärlichen Bündel im Garten aufgetaucht, um sich schon mal provisorisch einzurichten.

Ein paar Klamotten, ein kleines Kofferradio und natürlich sein Fahrrad.

Überhaupt – Karlo und seine Fahrräder. Er hatte eine ganz besonders glückliche Hand, sich aus dem Sperrmüll zu bedienen und relativ ansehnliche, funktionstüchtige Velos aus den dort deponierten Zweiradfragmenten zusammenzuschrauben. Das Ganze hatte nur einen Haken. Sobald so ein Fahrzeug fertig war und er es eine kurze Zeit stolz durch die Gegend geschaukelt hatte, wurde es ihm geklaut. Karlo Kölner wäre nicht er selbst gewesen, wenn er hier nicht eine seiner oft und gerne verbreiteten Verschwörungstheorien parat gehabt hätte: Irgendjemand hatte es speziell auf seine Fortbewegungsmittel abgesehen und wollte ihm schaden. Oder ihn doch wenigstens ärgern.

Er schüttelte den Kopf und griff nach der Kaffeetasse. Da hörte er es: einen laut anschwellenden, klagenden Ton, der in ein unwirkliches Knurren mündete und schließlich mit einem von spitzem Kreischen untermalten Fauchen endete.

Dann war Ruhe.

Als Karlo die Tasse wieder auf den Tisch stellte, ging es erneut los. Lauter, heftiger als zuvor, und es hörte sich nach Kampf an.

Er ging zur Tür und öffnete sie vorsichtig. Das Erste, was er sah, waren die hohen, lose zusammengerechten Grashügel.

Karlo hatte Kuhl fest versprochen, die Wiese noch vor dem Wochenende zu mähen, den letzten Schnitt des Jahres zu tätigen, und überraschenderweise hatte er das Versprechen noch am Mittwochmittag eingelöst. Was ihn selbst wohl am meisten erstaunte. Es hatte die letzten Tage häufig geregnet, war aber trotzdem sehr warm geblieben. Das Gras war deshalb schon fast dreißig Zentimeter hoch gewachsen.

Fünf bis sechs Meter links von der Eingangstür entfernt sah er eine Bewegung. Von der anderen Seite, auf dem Feldweg, der zur Straße führte, glaubte er, sich schnell entfernende Schritte zu hören, war sich aber nicht ganz sicher.

Dann war es wieder still. Ein längliches, schwarzes Etwas zappelte aufgeregt hinter einem der Hügel ruckartig hin und her.

Diogenes.

Der herrenlose schwarze Kater, der das Gelände seit längerer Zeit als sein Revier betrachten durfte, hatte das Terrain wieder einmal erfolgreich gegen einen Konkurrenten verteidigt.

Der fremde Eindringling, ein zerrupftes rotbuntes Fellknäuel, sprang mit langen Sätzen in Richtung der offenen Gartentür und rettete sich auf den Feldweg in Richtung Industriegebiet.

Diogenes war schwarz. Nicht schwarz wie die Nacht. Es war eher ein warmes Schwarz, das, beleuchtet von der Morgensonne, zarte Anklänge an ein sehr dunkles Kaffeebraun bekam.

Und Diogenes lebte – natürlich – in einer Tonne. Genauer gesagt in einem Fass. Nicht ganz stilecht in einem alten Bierfass. Immerhin aber war es ein Holzfass. Ein Holzfass einer schon lange nicht mehr produzierenden nordhessischen Brauerei, das Wolfhard Kuhl, der Kassenwart des Motorradclubs, auf dem Offenbacher Flohmarkt erstanden hatte.

Ursprünglich gedachte er, das Fass auf der Spundlochseite mit einem runden Polsterkissen zu versehen und zu Hause als Sitzmöbel in Gebrauch zu nehmen. Diese Idee jedoch fand am kategorischen Veto seiner Frau Kristin ein jähes Ende.

Das führte dazu, dass Kuhl sein Fass an der Oberseite öffnete, um es im Garten als Regentonne zu verwenden. Was ebenso kläglich scheiterte, weil es eben nur ein 50-Liter-Fass war. Und somit viel zu wenig der ortsüblichen Niederschläge darin Platz finden würden. Diese einfache Erkenntnis wurde ihm unter spöttischem Gekicher von einigen

Mitbenutzern des Gartens vorgetragen, was den frischgebackenen Fassbesitzer naturgemäß aufbrausen ließ.

Ein zorniger Tritt Kuhls war es dann auch, der das Fass unter den kleinen Verschlag neben dem Gartenhaus kullern ließ, wo es sich in der linken Ecke zwischen der Seitenwand und einem Stapel alter Gehwegplatten verkantete und in stabiler Seitenlage einen unauffälligen Platz fand.

Eine Woche später war die Wut dann verraucht und Kuhl wollte das offensichtlich allseits ungeliebte Fass wegräumen. Zu diesem Zweck beugte er sich nach vorne und wollte es aus dem Verschlag hervorziehen. Während dieser Bestrebungen verirrte sich sein Blick ins Innere des ausgedienten Behältnisses und nahm darin eine leichte Bewegung wahr.

Er runzelte die Stirn, starrte angestrengt in die Dunkelheit und schaute in zwei smaragdgrüne Augen.

Erschrocken und fasziniert gleichermaßen ging er in die Hocke, was ein überaus entschlossenes Fauchen zur Folge hatte. Letzteres veranlasste Kuhl, schleunigst aufzustehen und dem Verschlag erschrocken den Rücken zu kehren.

Kristin Kuhl stattete das ehemalige Brauereiutensil innen mit einer alten Wolldecke aus, nachdem sie von der neuen Sachlage erfahren hatte.

Und so kam es, dass ein altes Bierfass seiner letzten Bestimmung zugeführt wurde und ein schwarzer Kater ein gemütliches Zuhause fand.

Diogenes – der Name hatte sich natürlich wie von selbst ergeben – war in kurzer Zeit so etwas wie ein Maskottchen geworden. Auch Karlo hatte das schwarze Fellbündel schnell ins Herz geschlossen.

„Diogenes, du alter Stromer, hast du mein neues Zuhause verteidigt, ja? Das hast du gut gemacht. Soll ich dir ein Stückchen Wurst holen? Ja? Komm doch mal her ..." Kölner ging langsam auf den schwarzen Kater zu. Der duckte sich tief neben den Grashügel und sah Karlo aus seinen grünen Augen lauernd an. Dann drehte er sich flink auf der Stelle herum und flitzte nach links hinter das Gebäude in Richtung des neu aufgestellten Dixie-Klos.

Karlo Kölner wollte sich schon wieder umdrehen, um sein unterbrochenes Frühstück fortzusetzen, da sah er den Sensenstiel hinter einem anderen Grashügel hervorragen. Eigentlich sollte die Sense ja im hinteren Teil des Gebäudes stehen. Hatte ihm Kuhl gesagt, als er ihn bat, doch mal die Wiese zu mähen. Sozusagen als Mietzins. Was Karlo als pünktlicher Zahler dann auch gemacht hatte. Er hatte die Sense wieder an ihren Platz gestellt. Und da stand sie gestern Abend auch noch.

Oder?

Karlo kannte sich und seine Schlampigkeit wohl selbst am besten. Vielleicht hatte er es ja auch vergessen. Er wurde unsicher. Aber wenn es denn so wäre, müsste das ja keiner erfahren.

Vor allem nicht Kuhl. Wolfhard Kuhl war dreiundfünfzig Jahre alt, und er war nicht nur Besitzer eines überaus beachtenswerten Leibesumfanges, sondern auch noch der stolze Eigner dieser Sense. Ein wunderbares Gerät, wie er immer wieder beteuerte. Aus alten DDR-Beständen, eine echte Arbeiter-und-Bauern-Sense, wie sie heutzutage leider nicht mehr hergestellt würde. Immer wieder selbst gedengelt und geschärft.

Kuhl würde niemals einen modernen Rasenmäher einsetzen. Viel zu teuer diese Dinger, und viel zu schnell kaputt.

Und die kleine Wiese war genau das richtige Einsatzgebiet für das betagte Schneideutensil.

Also näherte sich Karlo verwundert der Sense, um sie aufzuheben. Kurz davor zuckte er zusammen und blieb wie versteinert stehen. Und auch jeder andere, der die Szene hätte begutachten können, hätte schwere Zweifel am fachgerechten Einsatz des nostalgischen Gartenwerkzeugs gehabt. Das ostdeutsche Kultgerät steckte tief im Hals einer sehr kleinen, aber wie es schien, auch sehr toten blonden Frau.

Kölner wagte zuerst nicht, sich zu bewegen. Sein Leben lang hatte er geglaubt, ein hartgesottener Bursche zu sein. Jetzt waren immerhin Zweifel angebracht.

Mit trockenem Mund ging er in die Knie und streckte die Hand aus.

5

Wolfhard Kuhl schnappte sich wütend seine Motorradjacke. Heute sollte eigentlich sein wohlverdienter Urlaub anfangen. Doch sein Vorgesetzter hatte keinen Zweifel daran gelassen: An der heutigen Sitzung musste er noch teilnehmen. Also war er einigermaßen missgelaunt im Büro aufgetaucht.

Als er dann erfuhr, dass die Sitzung doch nicht stattfinden sollte, wurde seine Laune noch schlechter. Doch als ein Kollege unvorsichtigerweise ausplauderte, dass dies schon am Tag zuvor bekannt war und man nur vergessen hatte, Kuhl das mitzuteilen, schlug die schlechte Laune in heftige Wut um.

Er griff sich seinen brandneuen Helm sowie seine Tasche und stapfte in Richtung Treppe. Die hatte er seit Monaten nicht mehr benutzt. Aber heute würde bestimmt auch der Aufzug ausfallen und dann könnte er seinen ersten Urlaubstag einem Klaustrophobie-Training in der stinkenden Liftkabine widmen.

Auf der untersten Treppenstufe kam er ins Stolpern. Er ließ den Helm los und griff in letzter Sekunde nach dem Treppengeländer.

Der Helm schlug auf dem Boden auf und kullerte in Richtung Tiefgarage, als wüsste er genau, wo sich das Ziel seines Besitzers befand.

Einigermaßen obszönes Gedankengut tobte durch sein Gehirn, als er seinen schönen neuen Helm aufhob und die hässlichen Schrammen an der Lackierung seines neuen Kopfschutzes sah.

Er riss die Tür zur Tiefgarage auf und stürmte hinein. Viel zu eng drückte er sich an der Tür vorbei, die durch einen extrem straff eingestellten Türschließer rasend schnell schloss, und blieb mit dem Umhängegurt seiner Tasche an der äußeren Türklinke hängen.

Das bremste seinen Vorwärtsdrang so abrupt, dass ihm der Helm erneut entglitt. Krachend schlug dieser auf dem Betonboden auf und rollte in einem merkwürdigen Zickzackkurs, der wohl durch das mittlerweile offenstehende Visier verursacht wurde, auf Kuhls BMW zu. Am Hinterrad beendete er seinen Irrweg und blieb ruhig liegen.

Kuhl hob seinen Kopfschutz erneut auf, betrachtete die hinzugekommenen Absplitterungen, sah das gerissene Visier und stellte langsam seine Tasche ab. Er blickte sich hilflos um und versuchte regelmäßig zu atmen. Eine enorme Leere bemächtigte sich seiner. Wie in Trance, mit einem leicht debil wirkenden Lächeln auf den Lippen, drückte er seine Tasche in den rechten Seitenkoffer, stülpte seinen geschundenen Helm auf den Kopf und startete in aller Ruhe die Maschine.

Das musste der Beginn der Altersweisheit sein.

Als Kuhl auf die Hanauer Landstraße einbog, schob sich ein blauer Kastenwagen vor ihn. Das Erste, was er registrierte, war die niedrige Geschwindigkeit des Transporters, als dieser auf die rechte Spur wechselte. Kuhl hatte immerhin noch genug Zeit zum Bremsen. Augenscheinlich suchte der Fahrer eine bestimmte Adresse, denn das Zweite, was Kuhl wahrnahm, war ein holländisches Kennzeichen.

Den anarchistischen Jähzorn seiner frühen Jugend hatte er schon lange abgelegt, dieser war gewissermaßen einer durchaus bürgerlichen Erregbarkeit gewichen, die allerdings schon auf recht niedriger Stufe einsetzen konnte.

Sein Magen spielte unvermittelt Fahrstuhl und ein wütendes Brennen bemächtigte sich seines umfangreichen Bauches. Und so ging sie dahin, die voreilig prognostizierte Altersweisheit. Mit dem linken Fuß hackte Kuhl zweimal auf den Schalthebel, zog ohne zu blinken nach links, gab Vollgas, schaltete wieder hoch und gab nochmals Vollgas.

Er schoss an dem blauen Lieferwagen vorbei, nicht ohne einen grimmigen Blick auf den Fahrer zu werfen, und scherte vor dem Wagen wieder ein. Was Kuhl nicht mitbekam, war die fortgeschrittene Position der Tachometernadel. Sie hatte sich mittlerweile bei Tempo neunzig eingependelt.

Das Dritte, was er warnahm, war ein greller Blitz. Er hatte gerade noch Zeit, ein paar saftige Flüche herauszuschreien, als er an der Tankstellenauffahrt den blau gekleideten Herrn mit der rot-weißen Kelle sah. Wolfhard Kuhl bremste schicksalergeben, fuhr in die vorbereitete Parkbucht, hielt an und setzte den Helm ab. Streifenpolizist Haffmann kam schadenfroh grinsend und wiegenden Schrittes auf ihn zu.

„Schau an, schau an, der Herr Kuhl. Haben wir ein neues Krad? Und wollen wir mal testen, was es so bringt?"

Eine Selbstbeherrschungsorgie, die ihm einen Platz im Guinnessbuch der Rekorde gesichert hätte, verhinderte eine Eskalation der Situation. Kuhl erinnerte sich noch gut an die hässliche kleine Rangelei mit Haffmann, in deren Verlauf er dem damaligen Jungbullen kräftig eins auf die Nase gegeben hatte. Aber das war doch verdammt lange her und beide waren nicht mehr ganz nüchtern gewesen. Was Kuhl aber damals vor einer Anzeige rettete, war die Tatsache, dass Haffmann trotz seines Zustandes einen Streifenwagen dabeihatte und einige Zeugen in der Nähe herumstanden. Und ein auf dem Beifahrersitz komaähnlich schlafender Polizeimeister Dietmar Hund konnte seinem Kollegen nicht helfen. Einen saftigen Strafzettel würde Kuhl hier und heute aber nicht vermeiden können ...

Nach dieser persönlichen Niederlage verließ er missgelaunt die Stadt und bog am Kaiserleikreisel ab in Richtung Oberrad. Er beschloss, noch nach seinen Hühnern zu sehen. Das Federvieh hielt Kuhl seit einigen Jahren schon auf der anderen Seite des Feldweges, praktisch gegenüber des Motorradclubheims. Außerdem könnte er bei dieser Gelegenheit überprüfen, was Kölner so alles auf dem Gelände trieb.

Vor dem Zufahrtsweg schaltete er in den zweiten Gang zurück und bog in Richtung Kleingartengelände ein. Als er vor dem Clubheim anhielt, sah er Karlo Kölner mit ausgestrecktem Arm in der Wiese hocken.

Kuhl stieg von seiner BMW. Der Untergrund war zu uneben für den Hauptständer, den er normalerweise bevorzugte. Er kickte deshalb den Seitenständer raus und ließ die Maschine vorsichtig draufkippen. Die Harley-Fraktion im Club würde sagen: Sieht ja auch cooler aus! Ein ganzer Mann allerdings, der bockte sein Bike ordentlich auf den Hauptständer. Dachte Kuhl.

Er ließ das Eingangstor zum Garten aufschwingen. Dass etwas nicht stimmte, bemerkte er sofort. Karlos Blick hatte etwas Gehetztes. Er wirkte fluchtbereit. Und gleichzeitig gelähmt, wie ein vom Scheinwerferlicht geblendetes Tier. Karlo versuchte etwas zu sagen. Es gelang ihm nicht, seine Stimme gehorchte ihm nicht so recht und er stand auf, stolperte rückwärts, weg von dem leblosen Körper.

In diesem Moment sah Kuhl die reglose Frau. Entsetzt starrte er auf Kölner.

„Kuhl, he Mann, verdammte Scheiße." Kölner deutete auf die tote Frau. „Da hab ich nichts mit zu tun. Ich hab sie gerade eben hier gefunden. Das musst du mir glauben. Die Katze hat geschrien wie am Spieß, da bin ich raus. Und da lag sie ..."

„Halt mal die Klappe", unterbrach Wolfhard Kuhl den plötzlichen Wortschwall. Er trat auf die am Boden liegende Frau zu und beugte sich über sie. „Wer ist das denn? Oh nein, ist das nicht Jeannette?", stieß er hervor, „was ...?"

Karlo unterbrach ihn mit rauer Stimme. „Nein, das ist nicht Jeannette. Das ist Erwins Frau, Rosi, Jeannettes Schwester. Verdammt noch mal, was hat die hier zu suchen? Wie kommt die hierher?" Hektisch blickte er sich um. „Wir müssen hier verschwinden. Die Bullen haben mich eh auf dem Kieker. Wenn die das hier sehen, buchten die mich glatt wieder ein."

„Jetzt komm mal wieder runter. Du kannst hier nicht einfach verschwinden. Erstens hab ich dann die ganze Chose allein am Hals und außerdem lässt sich mit Sicherheit beweisen, dass du nichts damit zu tun hast." Er schaute Kölner prüfend an. „*Wenn* du nichts damit zu tun hast", ergänzte er misstrauisch. „Die brauchen dich nämlich als

Zeugen, ganz bestimmt. Du kannst jetzt nicht einfach abhauen." Kuhls Blick wirkte allerdings nicht sonderlich überzeugt. „Ich rufe auf jeden Fall die Bullen an. Oder soll sie hier verschimmeln?"

Er drehte sich um und lief zu seiner BMW. Dann fischte er seinen Kofferschlüssel aus der rechten Seitentasche seiner alten weinroten Motorradjacke, öffnete den linken Koffer und kramte nach seinem Mobiltelefon. Er wählte und begann kurze Zeit darauf, nervös in das verhasste Gerät zu sprechen. Kuhl mochte diese kleinen Kommunikationshilfen nicht. Nur selten war er bereit, ihren Nutzen auch nur teilweise einzuräumen. Seine Frau Kristin war es, die ihn nach langen Diskussionen überzeugte, ein Handy anzuschaffen.

Nachdem er dem Beamten den Sachverhalt geschildert hatte, drehte er sich nachdenklich um und ging langsam durch das Gartentor. Er steuerte auf das Gebäude zu und blickte auf. „He Karlo, alles paletti, die sind gleich da." Er konnte Karlo im Garten nicht entdecken und betrat die Hütte.

„Karlo, wo steckst du denn, hörst du mich ...?" Er lief in die Küche. Kein Karlo. Er schaute in den dritten Raum, wo die leeren Getränkekisten standen. Niemand. Vor der Kellertür hing das Vorhängeschloss.

Karlo Kölner war verschwunden!

6

Mit blockierenden Rädern kam der Streifenwagen zum Stehen. Blaulicht, Martinshorn, das volle Programm. Die Fahrertür klappte auf und Manfred Haffmanns ein Meter achtundsechzig kleine Figur schoss aus dem Auto wie ein Springteufel. Er presste sich im Laufen die Uniformmütze auf seinen Kopf. Polizeiobermeister Dietmar Hund schleuderte seine lange Gestalt verwegen ums Heck des Dienstwagens. Auf der Höhe des linken Rücklichts verlor er den Halt auf dem leicht mit Sand bedeckten Untergrund des asphaltierten Feldwegs und schlug der Länge nach hin. Fluchend rappelte er sich wieder auf und prüfte, ob seine neue Uniform Schaden genommen hatte.

„Oh nein. Nicht schon wieder. Pat und Patachon. Die waren doch gerade noch als Straßenräuber unterwegs." Wolfhard Kuhl verdrehte verzweifelt die Augen. Dietmar Hund klopfte sich mit seiner Dienstmütze den Sand aus der Uniform und kam auf ihn zugehinkt. Kuhl schaute in Haffmanns sehr amtliches Gesicht und konnte sich trotz der ernsten Situation ein Grinsen nicht verkneifen. „Bevor ihr irgendwas sagt, schaltet doch mal eure Musik und die Lightshow aus. Man versteht ja sein eigenes Wort nicht."

Hund blickte zu seinem Kollegen und nickte lässig in Richtung Streifenwagen. Haffmann schluckte ärgerlich und trollte sich ans Auto. Er schaltete Blaulicht und Martinshorn aus und schloss die Wagentür. Dann drehte er sich um, streckte sich und nahm Haltung an. Mit wichtiger Miene kam er näher.

„Kuhl, Sie schon wieder? Was erzählen Sie denn für Räuberpistolen? Wenn Sie uns verarschen wollen, dann wird das teuer für Sie. Also, was soll hier passiert sein?" Haffmann versuchte streng und dienstlich zu wirken.

Das gelang ihm nicht besonders gut.

Da erblickte er die Leiche. Erst wirkte er erschrocken, dann machte der Schreck dem blanken Entsetzen Platz. Während dieses Vorgangs wurde er grünlich im Gesicht.

Das gelang ihm sehr gut.

Kuhl bemerkte das und gewann zusehends Oberwasser.

„Ich wollte nach meinen Hühnern zwei Gärten weiter oben sehen. Da habe ich erst hier am Garten angehalten, um ein paar alte Eierkartons aus der Hütte zu holen. Und da lag sie. Dann habe ich gleich angerufen. Und jetzt würde ich euch vorschlagen: Ihr ruft mal die richtige Polizei und trampelt hier nicht alles platt. Ich für meinen Teil brauche jetzt erst mal einen Schnaps. Ihr dürft ja nicht. Ihr seid ja im Dienst!" Kuhl drehte sich um und ging zur Hütte.

Kurz darauf saß Dietmar Hund mit säuerlicher Miene im Wagen und mühte sich mit dem Funkgerät ab.

Eine Stunde später herrschte geschäftiges Treiben auf dem Gartengelände. Allerdings kümmerte sich keiner um Knoblauch und Erdbeeren. Es war die Spurensicherung, die in alle Furchen und Beete des Gartens drang und die das Gartenhaus bis auf die kleinste Ritze inspizierte. Pat und Patachon standen am Rande dabei und spekulierten wild über den Tathergang.

Hauptkommissar Gehring war fünfundvierzig Jahre alt, etwas dicklich rundherum und normal groß. Mit seinen hellbraunen Haaren wirkte er so unscheinbar, wie das nur möglich ist. Nein, nicht hässlich. Einfach nur unscheinbar.

Da er das aber anscheinend ahnte, hatte er sich einen Bart rings um seinen kleinen Mund mit den geraden, ebenmäßigen Zähnen wachsen lassen. Deshalb sah er jetzt nicht mehr aus wie ein unscheinbarer Mensch. Jetzt sah er aus wie ein unscheinbarer Beamter.

Wer ihn aber näher kannte, wusste, dass Georg Gehring ein wacher Kopf war. Dass er bei Bedarf einen überaus scharfen Verstand aktivieren konnte.

Hauptkommissar Gehring saß an einem kleinen Klapptisch in dem Transit, der am Rande des Feldwegs geparkt war. Ihm gegenüber hatte Wolfhard Kuhl Platz genommen, der langsam Magenschmerzen bekam. Gehring blickte Kuhl in die Augen. „Sie haben das Gelände angemietet, von einem Herrn, äh, wie sagten Sie doch gleich ..."

„Fander. Mick Fander – also, eigentlich Michael. Wir haben das Gelände mit mehreren Leuten gemietet. Wir nutzen das nicht nur als Garten, sondern auch noch als Clubheim für unseren Motorradclub."

„Okay. Sie wissen, wer die Tote ist?" Die Frage kam, ohne dass Gehring aufblickte.

„Ja, das ist Rosi, Rosemarie Steinberger, sie ist mit Erwin, einem Mitglied hier bei uns im Club, verheiratet. Allerdings, glaube ich, wohnen sie nicht mehr zusammen."

„Die beiden sind geschieden?", fragte Gehring lauernd und schaute Kuhl erwartungsvoll an.

„Nein, das nicht, aber seit ein paar Wochen gab es da scheinbar größeren Ärger. Das hat wohl nicht mehr so richtig funktioniert. Genaueres weiß ich auch nicht. Erwin lässt sich hier normalerweise nicht so oft blicken. In letzter Zeit hat er allerdings häufiger vorbeigeschaut. Er war nicht so gut drauf. Hat ganz gut gesoffen, so kannte man ihn gar nicht. Wenn man ihn gefragt hat, was los ist, hat er aber zugemacht und kein Wort erzählt."

„Hatte Frau Steinberger eine neue Beziehung? Vielleicht auch schon vor der Trennung?"

„Ich glaube, Rosi war die letzte Zeit öfter mal mit Mick Fander zusammen, was da genau läuft, weiß ich nicht. Wir sehen Mick eher selten. Erwin hat das bestimmt nicht mitgekriegt. Rosi kam früher eigentlich immer nur mit Erwin vorbei, wenn gegrillt wurde, oder vielleicht zu unserer Sommerfete. Also wenn da was war, hat er das bestimmt nicht gewusst." Kuhl wirkte zusehends nervöser. „Ich muss mich zusammennehmen", dachte er verzweifelt, „ich gerate hier noch in Teufels Küche. Wenn ich bloß wüsste, ob Karlo was mit der Sache zu tun hat. Wir hätten ihn nicht in der Hütte wohnen lassen sollen." Einige Mitglieder hatten von Anfang an Bedenken geäußert. Sie hatten befürchtet, dass Karlo Schwierigkeiten machen würde. Und nun war es so weit!

Oder?

Kuhl wollte Karlo Kölner aber auch nicht reinreiten. Der kam doch gerade aus dem Knast, wer würde ihm glauben? Aber so hatte er die schlimme Geschichte an der Backe, er zählte bestimmt zu den Verdächtigen, auch wenn er die Polizei gerufen hatte. Und was war mit Mick? Es kam bestimmt auf den Zeitpunkt an, an dem Rosi gestorben war.

Er würde mit den anderen reden, bevor er noch etwas sagte. Kuhl hatte das dringende Bedürfnis, noch mal über die ganze Geschichte nachzudenken. Wenn Karlo, dieser verdammte Idiot, doch bloß nicht abgehauen wäre!

Ob er Rosi nicht vielleicht doch die Sense in den Hals gesteckt hatte?

„Die Sense“, Kuhl schreckte aus seinen Gedanken auf, „die Sense, Herr Kuhl. Wo steht die Sense normalerweise?“ Hauptkommissar Gehring schaute erwartungsvoll.

„Nun, die Sense steht immer bei den anderen Werkzeugen, hinten im dritten Zimmer, bei den leeren Getränkekisten.“

„Und die Hütte ist immer abgeschlossen?“

„Ja, selbstverständlich, hier ist schon oft eingebrochen worden. Wir versuchen die Hütte schon einigermaßen zu sichern.“ Kuhl atmete tief durch.

„Wer besitzt denn einen Zugang zu der Hütte? Ich meine, wer verfügt über Schlüssel für den Garten und das Gebäude?“

„Oh, das sind eigentlich die meisten der Mitglieder. Wir müssen an dem alten Gebäude ja oft mal was erneuern oder auch mal was im Garten machen. Deshalb haben viele den Schlüssel. Dass nicht immer dieselben Leute vor Ort sein müssen. Und im Winter kann dienstags an unseren Clubabenden immer derjenige den Ofen anheizen, der zuerst da ist. Das ist ganz praktisch.“

„Die Wiese wurde offensichtlich frisch gemäht!“ Die Feststellung traf Kuhl wie ein Peitschenhieb. „Wer ist denn der fleißige Mensch, der mit einem solch unzeitgemäßen Gerät umgehen kann? Das ist ja nicht alltäglich, dass heutzutage noch jemand so ein Werkzeug fachgerecht bedienen kann.“ Misstrauisch blickte Gehring in Kuhls erschrockenes Gesicht.

„Das mache eigentlich immer ich“, erwiderte er, „ist schon nicht ganz so einfach, wenn man es noch nicht gemacht hat.“

„Dann haben Sie also gemäht?“

„Nein, nein, diesmal nicht. Ich weiß nicht, wer sich da erbarmt hat“, stieß Kuhl gepresst hervor.

„Wer konnte denn sonst noch mit der Sense umgehen, Herr Kuhl?“

„Keine Ahnung, das heißt, ein paar Kumpels haben das schon mal versucht, mehr aus Spaß als aus Arbeitswut. Wenn man es länger probiert, klappt das schon. Früher haben das ja alle so gemacht!“ Kuhl wirkte nun ärgerlich und rutschte ungeduldig auf dem Klapphocker hin und her.

„Gut, Herr Kuhl, das wärs dann für den Moment.“ Hauptkommissar Gehring lächelte matt. „Das heißt, ich brauche noch eine Liste der Personen, die hier einen Schlüssel haben, und am besten Namen und Anschrift von allen, die in Ihrem Club Mitglied sind. Und fragen Sie doch bitte mal herum, wer denn der freiwillige Mäher war. Schaffen Sie das bis morgen?“

Erleichtert stimmte Kuhl zu, eine Mitgliederliste per E-Mail an Gehring zu schicken. Und er versprach, die Schlüsselinhaber extra zu kennzeichnen.

Georg Gehring nickte zufrieden. „Sie können jetzt gehen, das Gelände darf allerdings die nächste Zeit nicht betreten werden. Das Eingangstor und die Hütte werden wir bis auf Weiteres leider versiegeln müssen. Das heißt, dass niemand in den Garten darf, bevor er nicht von uns wieder freigegeben ist.“

Kuhl nickte, stand auf und sah zu, dass er schleunigst

aus dem Bus verschwand. Seine Hühner würde er aber noch füttern, und ein paar Eier würde er sich auch noch mit nach Hause nehmen. Er lief also den Weg entlang, um zu seinem Hühnerstall zu gelangen. Als er die kleine Pforte zu dem schmalen Gartengrundstück, auf dem er seine Hühner hielt, öffnen wollte, sah er auf dem Feldweg den alten Alois Hirtzinger näherkommen. Hirtzinger bewirtschaftete den Garten neben dem Motorradclub und hatte schon länger Interesse an seinem Nachbargarten. Aus diesem Grund war das Verhältnis nicht immer ein gutes gewesen. Aber seitdem Michael Fander als Verpächter vermittelte, hatte der Alte eingesehen, dass die Jungs keine bösen Rocker, sondern ganz normale Leute waren, und es hatte sich eine Art Burgfrieden ergeben. Der alte Alois war zwar immer noch scharf auf das benachbarte Gelände, das er gar zu gerne noch mit beackert hätte, aber Kuhl und Fander kannten sich schon seit vielen Jahren. Und Fander wollte eben nur an seinen Freund verpachten. Das musste Hirtzinger wohl oder übel akzeptieren.

„Hallo Herr Hirtzinger“, grüßte ihn Kuhl freundlich. „Wenn Sie nicht verhaftet werden wollen, drehen Sie am besten wieder um. Nein, im Ernst. Die Polizei ist bei uns auf dem Gelände. Man hat eine tote Frau gefunden, und nun suchen die alles ab und befragen jeden, der hier in der Nähe ist. Wenn Sie also Ihre Ruhe haben wollen, gehen Sie besser wieder nach Hause!“

Hirtzinger machte große Augen. „Hergottsakra, ich hab doch gleich gewusst, dass mit euch Burschen was nicht stimmt, da, und jetzt haben wir den Dreck. Eine Tote. Na prima. Da hat man doch nur drauf gewartet!“ Er schaute Kuhl wütend an. „Aber nein, auf mich hört ja keiner. Einer wie ich wird ja nicht mehr gefragt." Er drehte sich auf dem Absatz um und stapfte schnell wieder in die andere Richtung zurück.

Kuhl schaute dem alten Hirtzinger einigermaßen verdutzt nach. Fing das jetzt doch wieder an, mit seiner verdammten Rumstänkerei? Er erinnerte sich noch gut daran, wie er ihn und die anderen Jungs vom Club verdächtigt hatte, seine Tomaten vergiftet zu haben. Aber da war überhaupt nichts dran gewesen, niemand hatte etwas gegen den alten Mann, und Mick Fander hatte Alois Hirtzinger auch klargemacht, dass seine Nachbarn alles rechtschaffene Leute waren. Hirtzinger hatte schließlich eingelenkt und man hatte sich danach vertragen. Hirtzinger war sogar im letzten Sommer einmal zum Grillen zu den Motorradfans herübergekommen, man hatte etliche Bierchen zusammen getrunken und die ganze Nacht dummes Zeug geredet. Seither war alles wunderbar gewesen.

Wolfhard Kuhl stand da und überlegte einen Augenblick. Hirtzinger war mittlerweile auf die Offenbacher Landstraße gelangt und steuerte auf seine Wohnung zu. Er wohnte ganz in der Nähe in einem zweistöckigen Wohngebäude auf dem Mühlberg.

Kuhl fasste sich ein Herz und ging ihm nach. Als er auf der Offenbacher Landstraße ankam, war der Alte schon verschwunden. Kuhl überquerte die Straße, ging noch einige Meter geradeaus und bog dann zum Mühlberg ein. Bald war er vor dem gelben Gebäude, in dem Hirtzinger mit seiner Frau wohnte, angekommen. Er wendete sich sogleich dem Klingelbrett zu. *A. + I. Hirtzinger* stand dort auf rosa Papier mit blauer Tinte von Hand geschrieben. Kuhl meinte sich zu erinnern, dass Hirtzingers Angetraute Isolde hieß.

Er klingelte. Nach ein paar Sekunden hörte er die Stimme seines Gartennachbarn.

„Ja?" Kurz angebunden klang das, dachte Kuhl. „Herr Hirtzinger, ich bins, der Wolfhard Kuhl. Haben Sie mal einen Moment Zeit? Ich wollte nur ..." „Keine Zeit!" Es klackte, und er hatte aufgelegt. Kuhl zuckte die Schultern. Dieser alte Blödmann! Na, er würde sich schon wieder einkriegen, der sture alte Bock. Kuhl machte sich auf den Weg zu seinen Hühnern.

Als Gehring die gelbe BMW mit Kuhl am Lenker langsam am Bus Richtung Straße vorbeifahren sah, flatterte ein Gedanke durch seinen Kopf. Unbestimmt, flüchtig, eigentlich mehr ein Gefühl. Irgendwas war hier doch seltsam, irgendwas passte hier nicht ins Gesamtbild. Hatte er etwas übersehen?

Er verließ den Bus und nahm Kurs auf die Hütte. Kraulte sich nachdenklich den Bart. Gerade hatte er noch geglaubt, etwas entdeckt zu haben. Irgendwas hatte er gesehen und nicht exakt genug registriert, nicht richtig eingeordnet.

„Ihr habt doch von allem hier genügend Fotos?", wandte er sich an den Fotografen, der sich langsam dem Ausgang des Gartens näherte.

„Das Gelände ist besser dokumentiert als der Stadtplan von Frankfurt", giftete der zurück. „Was glauben Sie, warum ich hier bin?"

„Ist ja schon gut. War nur zu meiner Beruhigung, Entschuldigung!" Gehring drehte sich weg. „Dann eben später, man soll seine Gedanken nicht bedrängen, sonst fliegen sie davon", dachte er bei sich und stapfte ebenfalls zum Gartentor.

Kuhl war kaum zu Hause angekommen, da klingelte das Telefon. „He, Kuhl, was ist los, was sagen die Bullen?"

„Scheiße, Karlo, du Idiot, warum bist du denn abgehauen? Wo steckst du bloß? Wenn die rauskriegen, dass du da warst und abgehauen bist, wird doch alles noch schlimmer!"

„Du hast also nichts gesagt, oder?", würgte Karlo hervor.

„Nein, hab ich nicht, ich hoffe nur, die haben nichts gemerkt. Der Oberbulle scheint nicht blöd zu sein, der hat mich ganz schön ins Schwitzen gebracht. Von wegen der Sense und wer das Gras gemäht hat und so. Und Pat und Patachon haben gegrinst, als hätte man mir schon mindestes fünfmal lebenslänglich aufgedrückt. Wo steckst du denn jetzt, in die Hütte kannst du die nächste Zeit nicht zurück, da ist erst mal alles versiegelt. Wo willst du jetzt hin? Hast du wirklich nichts damit zu tun? Oder hast du nicht doch wenigstens irgendwas mitgekriegt?"

Ein Gebirge an allen möglichen Unwägbarkeiten und scheinbar heraufziehenden Schwierigkeiten türmte sich vor Kuhl auf.

„Natürlich habe ich nichts damit zu tun. Was denkst du denn von mir? Glaubst du, ich brauche eine Sense, um mir die Weiber vom Hals zu halten, oder was? Außerdem, wenn du nichts von mir erzählt hast, kann doch gar nichts passieren. Keiner weiß von mir. Also kann ich hin, wo ich will, und keiner will was von mir!"

Kuhl musste ihm wohl oder übel recht geben.

Erst mal.

Aber Gehring hatte ihn so seltsam angeguckt. Als würde er ihm nicht alles glauben. Hatte er überhaupt etwas geglaubt? Nein, wahrscheinlich nicht. Wahrscheinlich hatte er die Aussagen registriert, geordnet, katalogisiert und zur weiteren Verwendung in den unergründlichen Windungen seines Polizistengehirns abgeheftet. Und irgendwann würde er einen Haken dabei finden. Und Kuhl hoffte stark, dass nicht er es war, der an diesem Haken hing ...

„Ach, Wolfhard, äh, mal was ganz anderes. Du weißt ja, dass ich gerade aus dem Knast komme und da ... na ja, es ist halt so: ich brauch ein bisschen Geld. Kannst du mir vielleicht ne Kleinigkeit leihen, bis ich einen Job gefunden hab?“, riss Karlo Wolfhard Kuhl aus seinen Gedanken.

Klasse! Da hatte er gerade noch drauf gewartet. Zum Glück war Kristin noch nicht zu Hause. Sonst hätte er auch noch ihre argwöhnischen Fragen beantworten können.

„O. k., Karlo, morgen Abend um halb sieben in der Bluesmühle. Um diese Zeit ist nicht viel los. Da denken wir noch mal über die ganze Sache nach. Wie viel brauchst du denn?“

„Na ja, ich weiß ja nicht genau, wie es weitergeht“, druckste Karlo verlegen herum, „wären fünfhundert drin?“

Kuhl sackte in sich zusammen. „Bis morgen dann, Karlo.“

Er legte auf. Na super!

7

Einen Tag später blickte Hauptkommissar Georg Gehring unzufrieden in seine Kaffeetasse. Nicht dass der Kaffee schlecht gewesen wäre. Nein, ganz im Gegenteil. Gehring war ein veritabler Feinschmecker.

Seit einiger Zeit hatte er dem Kaffeeautomaten auf dem Flur und seinem abwasserähnlichen Produkt die Gefolgschaft verweigert und sich eine Kaffemaschine für ganz normalen Filterkaffee gekauft. Darüber hinaus hatte er sich bei einem Edelversandhaus eine sündhaft teure Handkaffeemühle italienischer Provenienz geordert. Ein riesiges gusseisernes Kurbelrad mit einem polierten Holzgriff vereinfachte den anachronistischen Vorgang des Mahlens von Hand erheblich.

Mit diesem Gerät pulverisierte er nun mit großer Freude die von ihm favorisierten Bohnenzusammenstellungen, um sie anschließend von seiner neuen Brühvorrichtung in ein Aromaerlebnis erster Güte umwandeln zu lassen. Meistens handelte es sich dabei um die formidable „Wiener Mischung" eines kleinen Kafferösters am Kornmarkt in Frankfurt.

Was also diese seine Unzufriedenheit auslöste, war immer noch das starke Gefühl, dass mit Kuhls Aussage etwas ganz und gar nicht stimmte. Sie nicht mit dem Gesamtbild zusammenpasste, das sich auf dem Gartengelände ergeben hatte.

Gehring schaute sich im Bildschirm die Fotos an, die am Tatort gemacht worden waren. Da war zum einen die Leiche. Großaufnahme von der Sensenklinge. Der Hals total zerfetzt. Zum Kotzen. Wer macht so was? Immer die gleichen Fragen. Die Wiese, die Grashügel. Grashügel, Grabhügel. Der hintere Teil der Hütte, die Hütte von innen, immer wieder. Totale vom Gartentor, die komplette Hütte.

Die Tür zu seinem Büro schwang auf. Reichard schlüpfte ins Zimmer und hielt eine blaue Mappe hoch.

„Herr Gehring, wir haben was, wir ..." In diesem Moment registrierte es der Hauptkommissar. Aus dem Kamin auf dem vorderen Teil des Hüttendachs kräuselte sich eine feine Rauchsäule. Jemand hatte ein Feuer in dem alten eisernen Ofen gemacht. In jenem Ofen, der in der Mitte des vorderen Raumes der Gartenhütte stand und dort an den Kamin angeschlossen war.

„Schauen Sie mal hier, Reichard. Da kommt Rauch aus dem Schornstein. Dieser Kuhl hat doch bestimmt kein Feuer gemacht, nachdem er die Leiche entdeckt hatte. Das brennt doch schon länger. Wer kommt schon auf die Idee den Ofen anzumachen, wenn er gegenüber nur schnell seine Hühner füttern, ein paar Eier aus seinem Hühnerstall holen und dann nach Hause fahren will", stieß der Hauptkommissar aufgeregt aus, „außerdem hat man andere Sorgen als eine warme Gartenhütte, wenn man eben gerade eine Leiche gefunden hat!"

Es musste also außer Kuhl noch jemand da gewesen sein!

„Dann passt das ja, Chef", Kommissar Harald Reichard hielt Hauptkommissar Gehring mit überlegenem Blick die blaue Mappe hin.

„Wir haben schon die Fingerabdrücke vom Sensenstiel. Da sind einige drauf, ziemlich verwischt, mit denen man nichts anfangen kann. Aber es gibt auch noch welche, die man erkennen kann. Und die stammen von einem unserer Kunden. Karlo Kölner. Zweimal Körperverletzung, einmal bei einem Einbruch erwischt. Und jetzt das Beste: Der Haffmann von der Fechenheimer Streife schwört Stein und Bein, dass Kölner mal was mit der Schwester unseres Mordopfers gehabt hat. Allerdings nur, bevor er einem Nebenbuhler ein paar Knochen gebrochen hat und deshalb für ein paar Monate in den Bau gegangen ist. Wohnt in Fechenheim in der Starkenburger Straße."

Gehring stand auf, lief zur Garderobe, griff sich seine Jacke und hängte sie um seine Schultern. „Feierabend verschoben. Na los, Reichard, worauf warten wir?"

„Chef, einen Moment noch bitte", warf Reichard schnell ein, „das war doch noch nicht alles. Die Wunden, die von der Sense verursacht wurden, waren nicht die einzigen Verletzungen an der Leiche. Offensichtlich ist sie auch noch gewürgt worden. Und überdies hatte sie diese schlimme Verletzung an der Schläfe. Aber das hatten wir ja schon am Tatort festgestellt."

Interessiert hob Gehring den Kopf.

„Und diese Verletzung führte zum Tod?"

„Eben nicht. Der Tod ist erst später eingetreten, durch diese Sensenhiebe", platzte Reichard heraus. „In der Gerichtsmedizin sagen sie jedenfalls, dass die verschiedenen Verletzungen ein paar Stunden auseinanderliegen müssen."

„Seltsam. Muss ich mir erst mal durch den Kopf gehen lassen." Georg Gehring wirkte zufrieden. „Jetzt lassen Sie uns aber mal nach unserem guten Karlo Kölner schauen."

Gehring drehte sich um und steuerte auf die Tür zu.

Reichard trat ihm in den Weg.

„Chef …"

„Was gibts denn noch?"

Reichard grinste triumphierend und wedelte mit der Mappe vor Gehrings Gesicht.

„Die Steinberger war schwanger!"

Sie rollten langsam an Karlos angeblichem Wohnsitz vorbei. Reichard fand zwei Häuser weiter eine Parklücke. Schweigend gingen sie auf das Eingangstor zu. Das entsprechende Haus verfügte über einen Hof, der sich links des Hauses über zirka 120 Quadratmeter erstreckte. Der Hof selbst war durch ein großes Schwingtor und ein daneben befindliches kleines Eingangstürchen vom Bürgersteig getrennt. So konnte man den Hof als Abstellplatz für ein Auto nutzen. Am Ende des Hofs befand sich ein großer Haufen Bauschutt, als hätte an dieser Stelle einmal ein Gebäude gestanden. Direkt neben der kleineren Eingangstür an der Wand befanden sich zwei Klingeln. Bei der oberen konnte man den Namen nicht mehr entziffern. Das Fach neben der anderen Klingel war leer. Gehring drückte seinen Daumen auf den oberen Knopf. Nach einer halben Minute ging im ersten Stock ein Fenster auf. Eine ältere Frau steckte den Kopf hinaus: „Ja, hallo? Zu wem wollen Sie denn?"

„Wir suchen Herrn Karlo Kölner, ist er zu Hause, oder besser gesagt, wohnt er hier?"

Die Frau ließ ein meckerndes Lachen vernehmen. „Der Kölner sitzt doch im Gefängnis. Und seine Wohnung gibts nicht mehr. Mein Sohn hat das ganze Geraffel abreißen lassen, schaun Sie nur, da hinten im Hof. Das war einmal das

Hinterhaus. Was wollen Sie denn vom Kölner, kriegen Sie noch Geld von dem oder was?"

Gehring verdrehte die Augen. „Herr Kölner wurde vor einigen Tagen entlassen. Wo er jetzt wohnt, wissen Sie nicht? Hatten Sie denn keinen Kontakt mit ihm nach seiner Entlassung?", fragte er zurück. Allerdings machte sich Hauptkommissar Gehring inzwischen schon ganz genaue Vorstellungen von dem zwischenzeitlichen Wohnort Karlo Kölners.

„Kontakt. Dass ich nicht lache. Dem hätt ich gar nicht mehr aufgemacht. Der ist uns noch über ein halbes Jahr die Miete schuldig. Und Sie sind von der Polizei, stimmts?", triumphierte die Alte.

Die Beamten bedankten sich ausgesucht höflich, verabschiedeten sich artig und wendeten sich ab. „Dann wollen wir uns jetzt noch mal unseren Herrn Kuhl vornehmen. Der wird uns sicherlich noch einiges erzählen können!" Kommissar Reichard klemmte sich wieder hinters Steuer. „Dann mal los."

Gehring ließ sich auf den Befahrersitz fallen und machte mit dem Zeigefinger eine kreisende Bewegung. „Wenden Sie bitte, Reichard. Jetzt gehts Richtung Rumpenheim." Wolfhard Kuhl und seine Frau hatten vor einiger Zeit ihr Erspartes zusammengekratzt und sich ihren Traum von einem eigenen Haus erfüllt. Da die Immobilienpreise dort moderater waren als auf vergleichbarem Frankfurter Terrain, hatte es die Kuhls in das von vielen Frankfurtern argwöhnisch betrachtete Offenbacher Umland verschlagen. Ein Verrat für die einen, eine pragmatische Entscheidung für die anderen.

Die Polizisten fanden einen Parkplatz direkt vor dem

Haus der Kuhls. Sie stiegen aus, und Reichard drückte dreimal kurz auf die Klingel.

Eine weibliche Stimme antwortete schnell auf das Signal.

„Hallo, wer ist denn da?"

„Gehring ist mein Name. Ich hätte gern mit Herrn Kuhl gesprochen. Ist er da?"

„Nein, er wollte sich nòch mit einem Bekannten treffen." Die Frauenstimme klang genervt.

Georg Gehring wurde ungeduldig. „Haben Sie eine Ahnung, wo wir ihn finden können? Es ist wirklich sehr wichtig!"

„Versuchen Sie es in der Bluesmühle. Eine Kneipe in Fechenheim. Was wollen Sie denn von Wolfhard und wer sind Sie überhaupt?"

„Vielen Dank, wir versuchen es dort einmal", schnitt Georg Gehring das Gespräch ab.

Im Laufschritt erreichten die Beamten ihr Fahrzeug und warfen sich hinein.

„Wetten, dass wir in dieser Kneipe jetzt alle beide finden werden? Den Kuhl und den Kölner? Die haben bestimmt genug zu besprechen", befand Gehring während der hektischen Abfahrt und grinste grimmig.

Das Jagdfieber hatte ihn gepackt.

–

Im Gastraum verbreitete nur eine Lampe ihr spärliches Licht. Sie hing über dem Tisch, an dem die beiden einzigen Gäste der Kneipe saßen.

Es duftete nach kaltem Rauch und scharfen Putzmitteln in Verbindung mit leichten Anklängen an das Aroma von schon länger berieselten Klosteinen.

Die Bluesmühle trug ihren Namen nicht zu Unrecht. Der Wirt Harry Weber war ein großer Blues- und Rockmusikfan. Eine große CD-Sammlung mit entsprechenden Titeln lagerte hinter der Theke. Außerdem gab es eine kleine Bühne, und zumeist freitags oder samstags konnte man hier Live-Musik erleben. An der Wand hingen Plakate einiger Bands, die hier schon einmal ein Gastspiel gegeben hatten.

Die Uhr an der Wand hinter dem Gläserschrank zeigte Viertel vor sieben und es war noch zu früh für die Kneipe, um das ihr eigene artgerechte Odeur zu verströmen. Die Raucher fielen nämlich meist erst gegen zweiundzwanzig Uhr ein, um dann mit der Ausübung ihres unseligen Lasters der Kneipe den olfaktorischen Eindruck eines mittleren Zimmerbrandes zu verabreichen.

Außerdem legte Harry Weber eine gewisse Nonchalance in Bezug auf die Reinigung seiner Gaststätte an den Tag. Und er versuchte die spürbaren Defizite dieses Handelns – oder sollte man eher sagen: Nichthandelns – damit zu kompensieren, dass er sporadisch alle relativ einfach zu erreichenden Flächen des Etablissements mit einem scharfen Extremreiniger überzog.

Wie dem auch sei, zumindest die Zeit war günstig, sich hier zu treffen, um ungestört miteinander kommunizieren zu können. Am ersten Tisch hinter der Eingangstür saßen Karlo Kölner und Wolfhard Kuhl.

Verärgert warf Kuhl einen Umschlag auf den Tisch. Karlo Kölner zögerte. „Na los, zähl schon nach. Das ist aber keine Dauerleihgabe. Die Kohle will ich so bald wie möglich wiederhaben. Und kein Wort zu Kristin davon! Wir wollen morgen endlich in Urlaub fahren. Da kann ich keine keifende Frau mit schlechter Laune gebrauchen. Zumal ich sie seit langem wieder einmal zu einem Motorradurlaub überreden konnte."

Kölner entnahm dem Umschlag neugierig die Scheine. Zehn Fünfziger, nicht schlecht. Damit würde er eine Weile zurechtkommen. Er fächerte die Scheine wie ein Kartenspiel auf und fächelte sich damit lässig Luft ins unrasierte Gesicht.

„Na klar, Kuhl, glaub mir, ich hab schon ein paar Ideen, wie ich was verdienen kann ..."

„Verschone mich mit deinen Ideen, sieh einfach zu, dass ich meinen Zaster bald wieder habe. Und mach deswegen bloß keine krummen Dinger, hörst du?", schnappte Kuhl ungehalten zurück.

Als sich die Eingangstür zum Gastraum öffnete und zwei Männer die Kneipe betraten, schichtete Kölner die Banknoten wieder aufeinander und steckte sie in den Umschlag zurück. Dann ließ er das Kuvert mit einer schnellen Bewegung in der linken Innentasche seiner Lederjacke verschwinden.

Wolfhard Kuhl konnte die Männer nicht sehen, er saß, aller Angewohnheit zum Trotz, mit dem Rücken zur Eingangstür. Karlo, der alte Straßenkämpfer, hatte den übersichtlicheren Platz zuerst ergattert. So erkannte Kuhl Hauptkommissar Gehring zunächst nur an seiner Stimme.

„Guten Tag, Herr Kuhl, dürfen wir uns zu Ihnen setzen? Und Sie sind wohl der Herr Kölner, richtig?"

Fragend schaute Gehring Karlo Kölner an.

„Und wer genau will das wissen?" Kölner gab sich unhöflich. Kuhl erstarrte zunächst, versuchte aber sich nichts anmerken zu lassen und wies mit der rechten Hand auf die beiden noch unbesetzten Stühle.

„Die Herren sind von der Polizei, Karlo. Die waren auch schon im Garten und untersuchen den Mord an der Rosi."

„Ja, meine Herren, da gibt es noch ein paar Ungereimtheiten. Zunächst mal zu Ihnen, Herr Kuhl. Sagen Sie, wer hat denn den Ofen in der Hütte angezündet, das waren doch nicht Sie? Und warum auch, wo Sie doch eben nur nach Ihren Hühnern sehen wollten? Und ganz nebenbei noch eine Leiche gefunden hatten?"

Gehring lehnte sich zurück und beobachtete Wolfhard Kuhl. Kommissar Harald Reichard stand auf, beugte sich zu Kölner und stützte sich dabei mit den Händen auf dem Tisch ab. Er blickte ihm in die Augen und gab den nächsten Schuss ab: „Herr Kölner, auf dem Sensenstiel haben wir Ihre Fingerabdrücke gefunden. Sie wissen schon, wir haben da noch was im Archiv von Ihnen ... wie kommen die Abdrücke denn auf die Sense, wenn Sie nicht auf dem Gartengelände waren? Außerdem haben wir erfahren, dass Sie mit der Schwester der Toten ein Verhältnis hatten. Haben Sie uns nicht ein bisschen was zu erzählen?"

Kuhl wechselte die Farbe und öffnete den Mund. Karlo Kölner hob die Hand. „Lass mal, Kuhl, lass mal." Er schaute Hauptkommissar Gehring ins Gesicht. „Okay, zugegeben, ich war da. Wissen Sie, als ich neulich aus dem Knast kam, hatte ich ganz plötzlich keine Bleibe mehr. Der Mistkerl von Vermieter hat die ganze Bude abgerissen. Und mir keinen Ton davon erzählt. Sie können sich vorstellen, wie ich mich gefühlt habe, als ich vom Knast nach Hause wollte und meine Wohnung war weg! Das war überhaupt nicht zum Lachen. Da haben mir die Jungs vom Motorradclub erlaubt, ein paar Tage in der Hütte zu wohnen, bis ich wieder eine Wohnung gefunden hätte. Seit vorgestern war ich dort und habe auch übernachtet. Klar sind meine Fingerabdrücke auf der Sense. Ich habe doch die Wiese mit dem Ding gemäht. Das hatte ich Herrn Kuhl fest versprochen. Als Miete sozusagen. Aber ich habe die Sense dann wieder in den Abstellraum gestellt. Glaube ich zumindest. Ganz sicher bin ich aber nicht." Er unterbrach kurz und schaute prüfend zu Wolfhard Kuhl. Der verzog aber keinen Miene.

„Danach lief noch ein Film im Dritten, der mich interessiert hat", fuhr Karlo fort, „ich habe noch ein paar Bierchen getrunken und mich im Anschluss hingelegt. Gestern Vormittag haben sich dann zwei Katzen vor der Hütte gebalgt und ich bin aus Neugierde rausgegangen. Da habe ich zuerst die Sense, eigentlich nur den Stiel, hinter dem gemähten Gras entdeckt. Das hat mich natürlich gewundert. Und dann erst habe ich die Rosi da liegen sehen. Das sah schon sehr böse aus. Da bin ich schnell weg. Denken Sie doch mal nach, wer glaubt mir denn, gerade frisch aus dem Gefängnis entlassen! Aber ich habe nichts mit der Sache zu tun. Und vor allem habe ich ihr nicht den Hals durchgeschnitten! Sie glauben mir das doch, oder?"

Reichard blickte spöttisch in Karlos Richtung. „Weshalb sollte ich Ihnen glauben? Wenn Sie nicht einfach abgehauen wären, aber so …?"

„Was heißt denn hier abgehauen? Ich habe eben die Panik gekriegt. Aber ich bin doch nicht aus der Welt. Ich sitze doch hier. Hab mich doch vor niemandem versteckt. Und ich sag euch doch gerade, wie es gewesen ist. Soweit ich das weiß. Das ganze Ding muss passiert sein, als ich geschlafen habe. Ich habe nichts gehört. Ich kann mir gar nicht vorstellen, was da geschehen ist. Wer kommt denn auf solche Ideen. Vor allen Dingen: Was macht die Rosi alleine im Garten?“ Kölner bekam allmählich seine alte Selbstsicherheit zurück. Gehring bemerkte dies. Er massierte sich seine Schläfen. Eine Angewohnheit, die er hatte, wenn er besonders scharf nachdenken musste.

„Nun, meine Herren, wir müssen die neue Situation protokollieren. Deshalb muss ich Sie leider bitten, uns aufs Präsidium zu begleiten!“

Karlo Kölner stand auf. „Dann aber los jetzt, lasst uns gehen.“ Er steuerte auf die Tür zu. Schon mit der Hand auf der Klinke drehte er sich noch mal um: „Ja, was ist los, Herr Polizeirat, ich habe meine Zeit nicht gestohlen.“

Er zog die Tür auf und trat in den Windfang. Mit dem Fuß stieß er die Außentür auf und sah Polizeiobermeister Dietmar Hund in die Augen. Ein paar Schritte weiter stand Haffmann und bohrte mit dem kleinen Finger gedankenverloren in seinem linken Ohr.

„He, Jungs, euer Superkommissar verlangt nach euch. Er sagt, ihr sollt schleunigst mal reinkommen.“ Die beiden Streifenbeamten schauten sich an und bewegten sich in Richtung Gaststättentür. Kölner schnappte sich sein Fahrrad, das er zu Beginn seines Gefängnisaufenthaltes im Keller der Bluesmühle abgestellt hatte, und rollte mit dem linken Fuß auf dem Pedal stehend über den Hof in Richtung Straße. Dort angekommen schwang er sich auf den Sattel und begann zu treten. An der Kreuzung Mittelseestraße bog er links ab zum Spielplatz.

Der Spielplatz lag mittlerweile komplett im Dunkeln. Karlo lenkte sein Rad auf den Weg, der zu den Spielgeräten und der Sandkiste führte. Gegenüber der Rutschbahn setzte er sich auf eine der fünf Bänke, die rings um das Gelände vor den hohen Hecken standen, von denen der Spielplatz begrenzt wurde. Kölner griff sich sein Mobiltelefon und drückte eine gespeicherte Handynummer.

Das Klingelzeichen ertönte dreimal, dann wurde abgehoben. „Müller“, ließ sich eine weibliche Stimme vernehmen.

„Hallo Jeannette, ich bins, Karlo, wie gehts denn so? Ich bin wieder da!“ Kölner sprach unsicher.

„Karlo, hallo, ja, das ist ja schön. Ich habe aber leider momentan gar keine Zeit. Ich bin auf der Geburtstagsfeier von Sina, hier in Hofbieber, in der Rhön. Ruf mich doch morgen wieder an.“

Karlo bemerkte sehr wohl die Beklommenheit in Jeannettes Stimme. „He Jeannette, hör zu, ich brauch deine Hilfe. Du hast wohl noch nicht gehört, was passiert ist? Ich meine, du weißt noch gar nicht ... wenn du da feierst und so ...“

„Was ist denn los, Karlo? Du steckst doch schon wieder in der Scheiße, das hör ich doch. Was hast du denn angestellt? Ach, ist mir jetzt auch egal. Mir ist nach Feiern zumute und nicht nach Ärger. Lass uns morgen reden. Ruf mich einfach an!“ Jeannette betätigte schnell die Taste mit dem roten Hörersymbol, schaltete ihr Handy aus und zuckte mit den Schultern.

In der Rhön! Bei Sina. Ja, Sina. Die hatte recht gehabt, als sie damals hier alles abbrach und mit ihrem Partner aufs Land zog. Aber leider hatte der sich dann in eine andere verliebt und die beiden hatten sich getrennt. Was Sina eine ganz schlechte Zeit beschert hatte. Seitdem wohnte sie alleine in dem großen Haus.

Karlo starrte wütend auf sein Mobiltelefon. Er hatte von Anfang an einen Fehler gemacht. Wäre er bloß nicht abgehauen, und das auch noch zweimal ... aber jetzt, wer würde ihm jetzt noch abnehmen, dass er nichts mit dem Mord zu tun hatte? Er musste erst mal hier weg. Aber wohin? Mit fünfhundert Mäusen war nicht viel anzufangen, ohne Wohnung. In den Garten zurückzugehen konnte er sich jetzt abschminken. Kölner sah auf das Display seines Handys. Gleich zwanzig Uhr.

Da kam ihm eine Idee.

8

Jeannette schnappte sich ihr Sektglas und wandte sich wieder der versammelten Gesellschaft zu. Unsicher, ob jemand von den Gästen etwas von dem Gespräch mitbekommen hatte, versuchte sie mit einem Lächeln ihre Beklommenheit zu überspielen. Doch mehr als eine Grimasse kam dabei nicht heraus. Jeannette trank einen kleinen Schluck, stellte das Glas wieder ab und ging schnell zur Toilette. Sie trat in den kleinen Raum, zog die Tür hinter sich zu und schloss ab. Im Spiegel über dem Waschbecken schienen die Konturen ihres Gesichts zu verschwimmen. So wie ihr ganzes Leben merkwürdig konturlos und verschwommen zu sein schien. Was lief denn bloß immer falsch? Jedes Mal wenn sie glaubte, *den* tollen Mann gefunden zu haben, fiel ihr nach kurzer Zeit auf, dass auch er nicht perfekt war und sie wurde seiner überdrüssig.

Da war zum Beispiel Bernd Sitka, dieser Jammerlappen. Ein hübscher Kerl, zugegeben. Aber: viele große Sprüche und nichts dahinter. Und was er alles machte und vor allem mit wem, wenn sie mal nicht da war, wagte sie sich auch nicht vorzustellen. Sie sollte, ja, sie musste ihn dringend los werden.

Oder Karlo – der steckte ständig in Schwierigkeiten und baute irgendeinen Mist. Karlo, immer wieder Karlo, Karlo, der alte Schlamper. Er hatte schon etwas Besonderes. Irgendwie bekam sie ihn nicht aus dem Kopf. Karlo verstellte sich wenigstens nicht. War ehrlich. Man wusste genau, was man bekam.

Das zumindest war sicher. Alles andere nicht.

Inzwischen tat es ihr schon wieder leid, dass sie ihn am Telefon so abgefertigt hatte. Jeannette ließ sich das kalte Wasser über die Handgelenke laufen, beugte sich nach vorne, füllte beide Hände und schüttete sich das Wasser ins Gesicht. Und was war mit ihr selbst? War sie eigentlich beziehungsfähig? Was sollte sie nur tun, wollte sie nicht irgendwann ganz allein dastehen?

Zaghaft klopfte es an der Tür. „Hallo Jennie, bist du da drin?“ Sina drückte die Klinke. Abgeschlossen.

„Gleich, Sina, ich bin gleich fertig.“ Sina trat zurück und setzte sich auf das Bänkchen, das unter der Garderobe angebracht war. Sie lehnte sich zurück und schloss die Augen. Irgendwas war nicht in Ordnung mit Jeannette. Das spürte sie doch.

„So, ist schon wieder frei, du kannst.“ Jeannette versuchte tapfer mit fester Stimme zu sprechen. Es gelang ihr nur leider teilweise, ein leichtes Zittern konnte sie nicht verbergen.

„He, Jennie, ich habe dich gesucht“, stieß Sina aus. „Was ist denn los? Karlo ist wieder da, stimmts? Und er hat schon wieder Probleme, nicht?“

„Ach weißt du, der Karlo ... ich kann dir nicht sagen, was mit ihm ist. Irgendwas wollte er mir mitteilen. Schien ihm wichtig zu sein, aber ich hatte einfach nicht den Nerv, mich heute damit zu beschäftigen. Wir wollen doch feiern, oder? Komm schon, lass uns zu den anderen gehen!“

–

Paul war einfach genial. Das schworen alle Frauen an diesem Abend. Das lag aber nicht daran, dass Sina eine reine Frauenfete zu ihrem Fünfzigsten veranstaltete und Paul der einzige Mann an Bord gewesen wäre. Nein, Paul hielt sich vornehm zurück, was seine Anwesenheit während der Feier betraf, und sein Platz war an diesem Abend in der Küche.

Dort hatte er auch wirklich genug zu tun: Carpaccio vom Charolais-Rind, Vitello Tonnato und vegetarische Crostini als Vorspeisenauswahl. Saftige zarte Kalbskotelettes vom Grill mit einer Füllung aus getrockneten Tomaten, Artischockenherzen, schwarzen Oliven, Knoblauch und Pinienkernen, abgeschmeckt mit Thymian und ein wenig Honig. Alternativ: Zucchini-Auberginen-Sesam-Bratlinge mit feinen selbstgemachten Dips für die Vegetarierinnen unter den Damen. Dazu eine kleine Auswahl wunderbar komponierter Salate. Und als Nachtisch eine Kastanienmousse zum Niederknien.

Ganz abgesehen von den herrlichen Weinen, die er in einer kleinen, aber höchst kompetent sortierten Fuldaer Weinhandlung zu erstehen pflegte. Der Inhaber höchstpersönlich empfahl, dem Anlass angemessen, einen Jahrgangs-Rosé-Champagner zum Carpaccio, einen Chardonnay zu dem Vitello und den Crostini. Zum Kalbskotelett hatte er Paul einen sündhaft teuren Vino da Tavola aus der Toskana mitgegeben. Der allerdings, wie sich am Abend herausstellte, absolut jeden Cent wert war und einen der Höhepunkte des Menüs darstellte.

Paul Perlig war ein Nachbar von Sina. Er bewohnte sein Elternhaus auf der anderen Straßenseite. Seine Eltern lebten beide nicht mehr, und so wohnte er ganz alleine in dem großen Gebäude. Zuerst war noch die Einliegerwohnung an eine junge Frau vermietet gewesen, aber seit diese berufsbedingt nach Norddeutschland ziehen musste, stand die Wohnung leer.

Als Sinas Freund damals mit einer anderen Frau gegangen und die Nachbarin plötzlich allein gewesen war, hatte Paul versucht sie wieder aufzurichten. Hatte nächtelang mit ihr geredet und getrunken. Hatte ihr gesagt, sie müsse endlich wieder richtig essen, was sie wochenlang fast gänzlich verweigerte.

Bis Paul eines Tages vollbeladen vor der Tür stand, kurzerhand ihre Küche in Beschlag nahm, körbeweise die schönsten und besten Zutaten auspackte und zu kochen anfing, dass es eine Freude war. Sina konnte sich nicht mehr an alle Einzelheiten des Menüs erinnern. Sie wusste nur noch, dass es das beste war, was sie je gegessen hatte. Dass sie sich maß- und zügellos überfressen und sich danach die Seele aus dem Leib gekotzt hatte.

Und trotzdem das erste Mal seit vielen Wochen wieder glücklich war.

Paul hatte mittellange, zottelige Haare. Da, wo noch welche waren. Sie hingen ihm seitlich wirr ins Gesicht, damals, nach dieser Kochorgie.

Als Sina vom Kotzen kam, schaute er sie ein bisschen wissend, ein bisschen traurig an. Sah das kleine zaghafte Licht, das langsam wieder in ihren Augen zu glimmen begann. Ahnte, dass es nicht unbedingt seiner Person galt. Paul hatte einen für seine Kochkunst und seinen durchaus dazu passenden Appetit geradezu lächerlich mageren Körper. Paul war hässlich.

Und er war in Sina verliebt. Was Sina allerdings nicht im Entferntesten in Betracht zog.

Wahrscheinlich deshalb, weil sie wie viele Frauen nicht glauben konnte, dass auch hässliche Männer mehr als nur gute Freunde sein können. Und sehr oft auch wollen.

„Uuups“, Jeannette lehnte sich träge zurück und streckte sich. „Wenn man das Glück essen könnte, dann hier bei dir! Paul, du bist unbezahlbar!“

„Hat auch noch niemand versucht. Ich meine, mich fürs Kochen zu bezahlen.“ Paul ließ sein trauriges Lächeln kurz aufblitzen.

Gegen halb drei am Samstagmorgen waren nur noch Sina und Jeannette von der Gesellschaft übrig. Paul hatte mittlerweile abgespült und die Küche war wieder blitzblank. Er saß bei den beiden Freundinnen und hielt ein Glas Glenrothes Malt Whisky in der Hand. 15 Jahre alt.

Die beiden Mädels hatten sich die Gesichter heiß geredet und getrunken. „Lass uns doch noch einen kleinen Nachtspaziergang machen“, brachte Sina leicht lallend hervor. Es ist heute so schön mild draußen ... Paul – Paul, willst du uns nicht begleiten?“

Jeannette zog sich ihre dünne rote Lederjacke an, die ihr Karlo letztes Jahr zum Geburtstag geschenkt hatte. Dabei fiel ihr wieder der Anruf ein. Was Karlo wohl bloß gewollt hatte? Jeannette sah, wie Sina sich eine Strickjacke überwarf und aus der Haustür trat. Paul trug wie meistens seinen uralten struppigen Norwegerpullover. Man hatte ihn damit schon an den wärmsten Sonnentagen herumlaufen sehen.

Das Trio ging die Eingangstreppe des kleinen Hauses hinunter, lief die Einfahrt entlang und betrat unmittelbar danach die Straße, die nach links als Sackgasse endete. Ging man nach rechts, kam man nach einer kleinen Biegung von zirka zweihundertfünfzig Metern auf die Hauptstraße des Ortes.

Alles wirkte wie ausgestorben, als die drei Personen auf die Hauptstraße einbogen. Ganz am Ende der Straße allerdings sah man ein kleines rundes Licht, das sich offensichtlich näherte. Die Spaziergänger blieben stehen und beobachteten das Licht. Nach kurzer Zeit konnte man die Konturen einer Gestalt auf einem Fahrrad ausmachen.

Als der Radfahrer sich bis auf zehn Meter genähert hatte, spürte Sina, wie Jeannettes linke Hand sich in ihren Arm krallte.

„Karlo ..."

„Hallo Mädels, hat euch euer Freund hier wieder mal an den Rand des Platzens gebracht? Guten Morgen Paul ..." Karlo Kölner glitt von dem nagelneuen Rennrad und schnaufte tief durch. Er fuhr sich mit der linken Hand durch die Haare, wirkte erschöpft und verschwitzt.

„Karlo, was machst du denn hier – wie kommst du überhaupt hierher? Und warum? Was willst du?" Jeannette schnitt dem schwer atmenden Karlo das Wort ab. „Und wo hast du das Fahrrad her?" Als sie Kölners überaus besorgtes Gesicht sah, wurde sie schlagartig nüchtern.

„Erstmal hab ich den ICE entführt. Und dann hab ich mir am Fuldaer Hauptbahnhof den Drahtesel hier ausgeliehen", schnappte Karlo atemlos, „stand da herrenlos rum und war nur ein kleines bisschen angeschlossen. Aber das ist jetzt nicht entscheidend. Lasst uns bitte ins Haus gehen. Ihr müsst mir jetzt mal einen Moment zuhören!"

Als sich die Eingangstür wieder geschlossen hatte, saßen alle im Wohnzimmer zusammen und lauschten verstört

Karlos Ausführungen. Man konnte die allgemeine Betroffenheit fast mit Händen greifen.

Jeannette Müller saß vornübergebeugt in dem schwarzen Ledersessel, den Sina beim Fernsehgucken wegen seiner Bequemlichkeit immer bevorzugte. Ihr Gesicht hatte sie in beide Hände vergraben. Karlo und Paul wagten kaum zu atmen. Sina hatte den Kopf in den Nacken gelegt und massierte sich die Schläfen.

Als Karlo mit seinem Bericht geendet hatte, hob Jeannette unvermittelt den Kopf und schaute Karlo in die Augen. „Sag mal, du glaubst, du kommst damit durch? Glaubst du das wirklich? Du kannst doch nicht annehmen dass ..."

„Jennie, ich hab damit nichts zu tun. Du denkst doch nicht etwa, dass *ich* deiner Schwester was getan habe? Das kann doch nicht dein Ernst sein!" Karlo wirkte zutiefst erschrocken.

Jeannette winkte müde ab. „Ach was. Keiner hier glaubt so was. Aber du, ja, du produzierst schon wieder Schwierigkeiten. Merkst du das denn nicht? Kannst du dich nicht wenigstens ab und zu normal verhalten?"

Jetzt liefen ihr dicke Tränen über die Wangen.

„Ich muss nach Hause. Ich muss mich um alles kümmern. Erwin wird sich wohl raushalten wollen. Ich bin doch die letzte nahe Verwandte ..."

„Ich fahre mit dir rüber nach Frankfurt. Und wenn du willst, bleibe ich ein paar Tage bei dir und helfe dir bei allem", bot Sina schnell an.

„Lieb von dir. Ich glaube sowieso, dass ich das Alleinsein jetzt nicht ertragen kann." Jeannette stand auf. „Ich pack mal meine Siebensachen zusammen. An Schlaf ist jetzt eh nicht zu denken."

„Und was mache ich jetzt? Nach Frankfurt geh ich erst mal nicht zurück. Die buchten mich doch glatt wieder ein. Und wenn die Bullen mich mal haben, dann war ich für die auch der Täter. Von wegen Fahndungserfolg. Und mein Name steht in der Zeitung. Und mein Bild wird veröffentlicht. Und mein guter Ruf wird ruiniert sein!"

Guter Ruf oder was? Jeannette musste trotz der schlimmen Situation reflexartig grinsen. „Dein Bild wird so oder so veröffentlicht. Weil sie dich jetzt nämlich suchen. Und du bist selbst dran schuld. Hättest du dich nicht verdrückt und statt dessen erzählt, wie alles war, säßest du jetzt nicht in der Klemme."

„Die hätten mir doch nie geglaubt, niemals, wo ich doch grad aus dem Knast komme, wer soll denn auch ..."

Sina legte den Kopf schräg. „Ich denke, du hast einen guten Ruf?", sprach sie Jeannettes Gedanken aus, „dann nutze ihn doch auch. Und rede mit der Polizei."

„Vielleicht hat er aber nicht ganz unrecht!" Paul nahm Karlo in Schutz. „Er sollte erst einmal hier bleiben. Kriegt mal raus, was die Polizei eigentlich denkt. Vielleicht wissen die mittlerweile ja auch schon mehr. Dann kann Karlo in Ruhe entscheiden, was er macht. Er kann bei mir die Einliegerwohnung benutzen. Die ist im Moment sowieso nicht vermietet."

„Tja, ich weiß noch nicht recht", entgegnete Karlo. „Ich muss nachdenken. Aber zuallererst sollte ich mal eine Runde schlafen. Dazu nehme ich dein Angebot wirklich gerne an."

„Macht doch alle, was ihr wollt." Jeannette wirkte erschöpft. Sie stand langsam auf und schaute in die Runde. „Aber Karlo hat Recht. Wahrscheinlich sollten wir doch versuchen, ein wenig zu schlafen. Wir haben heute jede

Menge gebechert", gab sie sich vernünftig und wendete sich Sina zu: „Fahren können wir jetzt auf jeden Fall noch nicht." Dann verließ sie den Wohnraum und stieg die Treppe hoch in Richtung Gästezimmer.

Frankfurt am Main.

9

Georg Gehring wirkte besorgt. „Frau Müller, bitte verstehen Sie mich nicht falsch. Aber wenn ich Sie das jetzt nicht frage, mache ich meine Arbeit nicht richtig. Die Vorschrift verlangt von mir, dass ich rauskriege, was Sie in der Nacht vom letzten Mittwoch auf Donnerstag gemacht haben. Oder wenigstens, wo Sie sich aufgehalten haben", fügte er eilig hinzu.

„Lassen Sie mich überlegen. Ich glaube, am Mittwochabend ab halb acht war ich zu Hause. Und habe meine Wohnung auch nicht mehr verlassen." „Doch, halt", fügte sie schnell hinzu, „gegen halb neun habe ich mir noch Zigaretten am Kiosk geholt. Das hat aber höchstens eine Viertelstunde gedauert."

„Und dann waren Sie die ganze Nacht alleine?"

Jeannette senkte den Blick. „Na ja", sie schob ihren Stuhl ein paar Zentimeter von Gehrings Schreibtisch weg und schlug umständlich die Beine übereinander, „so um halb elf rum kam dann noch ein Bekannter zu mir."

„Und dürfte ich eventuell den Namen des Bekannten erfahren? Und wie lange dieser Bekannte dann bei Ihnen war?"

„Sitka. Bernd Sitka. Er war bis Donnerstagmorgen bei mir."

„Also etwas mehr als nur ein Bekannter? Sie haben ein Verhältnis mit Herrn Sitka?"

Jeannette schickte einen unwilligen Blick zu Hauptkommissar Gehring.

„Verhältnis. Was heißt schon Verhältnis? Ich weiß selbst nicht, was das für ein Verhältnis ist. Aber ja, wenn Sie das so sehen wollen, ja, ein Verhältnis. Donnerstagmorgen habe ich die Wohnung um kurz nach sieben Uhr verlassen. Bernd war zu der Zeit noch da. Ich bin dann in die Stadt, um ein Geburtstagsgeschenk zu besorgen. Am Abend bin ich zu einer Bekannten in die Rhön gefahren. Sie hatte am Freitag Geburtstag und deshalb waren ein paar Freundinnen von ihr zu einer Feier eingeladen." Jeannette Müller machte eine kleine Pause.

„Noch in derselben Nacht habe ich erfahren, wass passiert war", fuhr sie fort. „Ich habe letzte Woche, ich glaube am Mittwochvormittag, versucht meine Schwester im Büro anzurufen. Weil ich lange nichts mehr von ihr gehört hatte, seitdem sie mir vorletzte Woche auf den Anrufbeantworter gesprochen und gesagt hatte, ich solle mich mal bei ihr melden. Sie hätte ein paar Neuigkeiten für mich. Ein Kollege von ihr erklärte mir, sie sei nicht da. Und auch die Tage darauf konnte ich sie nicht erreichen. Ein wenig Sorgen habe ich mir schon gemacht. Aber wer denkt denn gleich an so was. Wenn ich nur geahnt hätte ..." Jeannette stockte, ein paar Tränen rannen ihr übers Gesicht.

Gehring hatte während Jeannette Müllers Rede kurz irritiert aufgeblickt, sich aber sofort wieder gefangen und wirkte so normal und harmlos wie meistens.

„Jetzt machen Sie sich mal nicht zu viele Gedanken", versuchte er abzuwiegeln. „Sie können ja nichts dafür, was andere Menschen tun. Glauben Sie mir, es tut mir sehr leid, was mit Ihrer Schwester passiert ist. Aber letztendlich ist nur der Täter verantwortlich für das, was geschehen ist. Und den wollen wir nun finden. Das ist doch ganz sicher auch in Ihrem Interesse?“ Er schaute sie fragend an. „Und wir kriegen ihn. Das kann ich Ihnen versprechen“, fügte er düster hinzu.

Gehring hatte sich derweil im Sitzen nach vorne über seinen Schreibtisch gebeugt und stützte sich mit den Unterarmen auf der Schreibtischunterlage ab.

„Ich danke Ihnen, dass Sie sich bei uns gemeldet haben. Wir werden bestimmt noch einmal mit Ihnen in Verbindung treten müssen, um die eine oder andere Frage zu klären. Ich hoffe, Sie haben Verständnis dafür. Sie haben doch nicht etwa vor, die nächste Zeit zu verreisen?“

„Nein. Ich werde ganz bestimmt da sein. Ich hatte gerade drei Tage Urlaub, und wir haben momentan in der Firma ziemlich viel mit einem neuen Auftrag zu tun. Das ist vielleicht auch besser so. Die Arbeit wird mich hoffentlich ein wenig ablenken ... wenn Sie mich dann entschuldigen würden?“

„Kein Problem, Frau Müller, das wars dann für heute. Und vielen Dank noch mal!“

Jeannette erhob sich und drehte Gehring den Rücken zu. Sie griff zur Türklinke und wollte das Zimmer verlassen.

„Ach, einen Moment noch, Frau Müller. Noch eine Frage. Sie haben mir noch gar nicht erzählt, wie Sie erfahren haben, was Ihrer Schwester passiert ist!“

Jeannette erstarrte. Sie lief knallrot an und drehte sich ganz langsam zu Gehring um. „Äh, ja, das war so, ein Bekannter hat mich angerufen, auf meinem Handy, und hat mir alles erzählt“, stotterte Jeannette unsicher und starrte dabei verzweifelt auf ihre Schuhspitzen.

„Wer war denn dieser Bekannte? Und wann kam dieser Anruf?“

Jeannette überlegte hektisch. Wie kam sie aus dieser Nummer wieder raus? Sie konnte doch schlecht erzählen, dass Karlo in die Rhön gekommen war und sie jetzt wusste, wo er sich aufhielt! Ach, es wurde schon wieder alles so verdammt kompliziert.

„So gegen halb drei, am Freitagmorgen, wir waren gerade noch einmal kurz an die frische Luft gegangen, meine Freundin und ich. Da hat mein Handy geklingelt. Und meine Freundin hat dann sofort angeboten, mich nach Frankfurt zu begleiten, als sie mitbekommen hat, was geschehen ist. Sie wartet bei mir zu Hause auf mich, deshalb würde ich jetzt gerne gehen. Wenn Sie mich bitte entschuldigen?“

Gehring ließ sich nicht abwimmeln.

„Einen Moment noch. Bitte, Frau Müller, Sie haben meine Frage nur halb beantwortet. Wer war dieser Anrufer?“

Jeannette ließ resigniert die Schultern sinken.

„Das war Karlo. Karlo Kölner. Ein guter alter Bekannter von mir.“

„Und haben Sie eine Ahnung, warum Herr Kölner ausgerechnet so spät in der Nacht angerufen hat?“ Gehring setzte ein unschuldiges Gesicht auf.

„Nein. Äh, vielleicht doch, ja, doch“, Jeannette kam ins Stottern. „Ich hatte ja mein Handy die ganze Zeit ausgeschaltet. Um nicht bei der Feier gestört zu werden. Und während unseres Spaziergangs habe ich dann eingeschaltet, um zu sehen, ob vielleicht jemand draufgesprochen hat. Genau in dem Moment kam der Anruf. Es hat ihm eben bestimmt keine Ruhe gelassen. Da war ja nicht nur irgendeine Kleinigkeit passiert, oder? Schließlich wurde meine Schwester umgebracht!" Jeannette klang entrüstet.

„Ah ja. Ich verstehe. Das ist es. Das könnte die Erklärung sein. Sagen Sie, Sie haben keine Ahnung, wo sich der Herr Kölner im Moment aufhält?"

„So viel habe ich mit Karlo auch nicht zu tun. Keine Ahnung wo er jetzt ist." Jeannette wirkte jetzt sehr nervös und trat von einem Fuß auf den anderen.

„Sie waren aber schon einmal etwas näher mit Herrn Kölner befreundet, das stimmt doch?"

„Könnte ich jetzt bitte gehen? Mir gehts nicht so gut, wie Sie sich vorstellen können, und meine Freundin wartet auf mich!" Jeannette Müllers Ton wurde schroff.

„Natürlich verstehe ich das." Gehring klang betont höflich. Er hob beschwichtigend die Hände und blickte Jeannette ins Gesicht. „Es tut mir leid, jetzt kommt wirklich die allerletzte Frage", setzte der Hauptkommissar hinzu. „Wie wir erfahren haben, wohnte Ihre Schwester nicht mehr mit ihrem Mann zusammen? Warum haben sich die beiden denn getrennt?" Gehring fixierte die rechte obere Ecke seiner Schreibtischunterlage.

„Da habe ich wirklich keine Ahnung. Ich weiß nur, dass Erwin von einem auf den anderen Tag ausgezogen ist. Rosi muss wohl ziemlich fertig gewesen sein."

„Na gut. Das war dann jetzt wirklich alles für den Moment, Frau Müller. Wenn Sie mir freundlicherweise noch ihre Mobilnummer geben könnten? Nur für den Fall, dass wir Sie noch einmal dringend erreichen müssen", setzte er beruhigend hinterher und breitete mit einer entschuldigenden Geste beide Arme aus. Doch Gehring wäre nicht Gehring gewesen, wenn er nicht versucht hätte, noch eine Reaktion zu provozieren.

„Dass Ihre Schwester im zweiten Monat schwanger war, haben Sie sicher gewusst?"

„Aber das kann doch ... ja, ich meine, nein, ja also ..." Jeannette Müller wirkte sehr verwirrt und sah aus, als wolle sie jeden Moment ohnmächtig werden. Sie wendete sich wie in Trance ab und ging, ohne die Tür hinter sich zu schließen.

Gehring ließ sie gewähren.

Nachdem Reichard diensteifrig die Tür geschlossen hatte, lehnte sich Hauptkommissar Gehring zurück und grinste zufrieden. Das war bestimmt noch nicht alles. Frau Müller wirkte sehr unsicher und auch genervt. Und sie sagte offensichtlich nicht alles. Er wandte sich an seinen Kollegen.

„Hier, Reichard, überprüfen Sie doch bitte mal die Verbindungsnachweise dieser Handynummer. Die letzten drei Tage sollten genügen. Sagen Sie, was halten Sie von der ganzen Sache?"

Reichard lächelte unsicher und rieb an seiner Nasenspitze. „Nun ja, der Kölner macht sich schon verdächtig. Warum haut der ab? Irgendeinen Dreck hat der doch am Stecken, oder? Und der Ehemann, der Erwin Steinberger? Vielleicht hat der durchgedreht, weil seine Frau ihn verlassen hat?"

„Na ja. Der Ehemann gehört immer zum Kreis der Verdächtigen. Wir sollten auch so schnell wie möglich mit ihm sprechen. Er scheint aber noch nicht bei seiner neuen Adresse gemeldet zu sein. Wir müssen rauskriegen, wo er jetzt wohnt. Aber eigentlich spricht auch etwas für ihn. Frau Müller meinte doch, dass nicht seine Frau ihn verlassen hat, sondern dass er selbst ganz plötzlich entschieden hat zu

Hause auszuziehen.“ Gehring kratzte sich am Kopf und stand auf.

„Und Michael Fander? War der nicht neuerdings mit der Steinberger zusammen? Vielleicht bringt es was, wenn wir den mal durchleuchten?“

„Da sagen Sie was, Reichard!“ Gehring schnippte mit den Fingern. „Nehmen wir uns den Fander mal vor!“

–

„Ich hab da noch eine ganz merkwürdige SMS gekriegt, fällt mir ein.“ Mick Fander saß in einem Sessel an seinem Wohnzimmertisch und wirkte erschöpft und traurig. Er klickte auf der Tastatur seines Mobiltelefons herum.

„Hier, da hab ichs.“ Er hielt Hauptkommissar Gehring das Display des Handys vor die Nase.

Garten auf keinen Fall verkaufen. Näheres später, Rosi.

„Seltsam, nicht? Was bedeutet das? Ich kann mir da keinen Reim drauf machen!“

Gehring lehnte sich zurück.

„Da haben Sie allerdings recht. Das ist rätselhaft.“

Reichard sah seinen Chef an. Er bemerkte eine Veränderung in Georg Gehrings Gesicht. Der wendete sich Mick Fander zu.

„Sie wussten ja, dass Frau Steinberger schwanger war.“ Gehring stellte das mehr fest, als dass er fragte und wartete auf Fanders Reaktion.

Fander sprang auf.

„Was sagen Sie da?“ Mick Fander stand der Schreck im Gesicht. „Nein, keine Ahnung, warum hat sie mir davon nichts erzählt?“ Betroffen unterbrach er seine Rede.

„Sie wollen uns erzählen, dass Sie davon keine Ahnung hatten?“ Der Hauptkommissar beugte sich vor und sah Fander ins Gesicht.

„Sie hatte das nie erwähnt.“ Mick Fander wirkte geschockt. Allerdings hatte Gehring den Eindruck, dass auch Fander noch mehr zu sagen hätte.

„Bitte, Herr Fander. Wenn Sie dazu eine Idee haben, dann raus damit. Auch vermeintliche Kleinigkeiten könnten uns weiterbringen. Wenn Sie eine Vermutung haben, dann lassen Sie uns bitte daran teilhaben“, beschwor Gehring sein Gegenüber.

„Nein, nein. Da ist wirklich nichts. Ich dachte mir lediglich, dass sie vielleicht der Überzeugung gewesen sein könnte, ich käme damit nicht zurecht. Dass sie die Schwangerschaft vielleicht deshalb verschwiegen hat.“ Er stockte und schlug die Hände vors Gesicht. Rieb sich die Augen. Und schaute die beiden Polizisten verlegen an.

„Ich denke, ich weiß, worauf Sie hinauswollen. Nun, vielen Dank für Ihre Hilfe, Herr Fander. Das wars dann auch schon. Tut mir wirklich sehr leid, was da passiert ist.“

Reichard stand auf und sah Fander verlegen an.

Schweigend gingen sie nebeneinander die Treppe hinunter. Reichard hielt dem Hauptkommissar zuvorkommend die Tür auf. Gemeinsam betraten die Beamten die Straße.

Gehring schaute Reichard triumphierend an.

„Und jetzt, Reichard, jetzt fahren wir mal rüber zum Katasteramt ...“

–

Gehring bog in die Mainparkstraße ein. Nach ungefähr hundert Metern kam er an einer roten Ampel zum Stehen.

Kommissar Reichard wirkte leicht verunsichert. „Chef, was haben Sie denn jetzt wieder im Kopf? Sie denken doch in eine ganz bestimmte Richtung?"

Gehring grinste verschmitzt. „Was glauben Sie denn, Reichard? Was wäre denn für Sie ein Grund, Ihren Garten zu verkaufen – oder wie in diesem Falle auch erst einmal nicht ...?"

„Aber ich habe doch gar keinen Garten ... ach so!" Reichards Gesicht hellte sich auf. „Sie meinen ...?" Jetzt wirkte Reichard schlagartig wach. „Das Grundstück könnte vielleicht eine Wertsteigerung erfahren haben? Vielleicht zum Baugebiet werden oder etwas in der Art?"

Die Ampel schaltete auf Grün. Gehring fuhr an.

„Genau das werden wir jetzt versuchen herauszukriegen, Reichard."

–

Die beiden Beamten stiegen die Treppe hoch. Zimmer 205, zweiter Stock, hatte der Pförtner gesagt. Herr Gerber. Das Zimmer am Ende des Flures auf der linken Seite.

„Worauf warten Sie, Reichard? Haben Sie noch nie einen Kriminalfilm gesehen? Also los, treten Sie die Tür ein!" Gehring grinste gut gelaunt.

Kommissar Reichard bedachte seinen Chef mit einem zweifelnden Blick. Erst schüttelte er den Kopf. Dann wandte er sich der Tür zu und klopfte.

Als daraufhin keine Antwort folgte, drückte er die Klinke, schob die Tür auf und betrat das Zimmer. Hauptkommissar Gehring folgte ihm und schaute sich schnell im Zimmer um.

Gerber saß an seinem Schreibtisch und schenkte den Eindringlingen einen unfreundlichen Blick. „Ja, bitte?“

Georg Gehring schob sich an Kommissar Reichard vorbei und trat vor den Schreibtisch.

Er fischte seinen Ausweis aus der linken Innentasche seiner Jacke und hielt ihn Herrn Gerber vor die Nase.

„Kriminalpolizei, ich bin Hauptkommissar Gehring. Das hier“, er warf einen kurzen Blick auf seinen Kollegen, „das hier ist Kommissar Reichard. Wir müssen Ihnen ein paar Fragen zu Ihrer Kollegin Rosemarie Steinberger stellen.“

„Was hat sie denn schon wieder ausgefressen?“ Gerber versuchte amüsiert zu wirken. Als er den ernsten Blick von Gehring auffing, richtete er sich kerzengerade in seinem Bürostuhl auf. „Verzeihung ...“, er zögerte ein wenig, „ist irgendwas passiert? Frau Steinberger ist nämlich schon seit letzten Donnerstag nicht mehr zur Arbeit erschienen!“ Nervös schaute er zwischen den beiden Polizisten hin und her. „Unentschuldigt“, fügte er noch mit vorwurfsvoller Miene hinzu.

„Dann wissen Sie noch gar nichts?“ Gehring beobachtete aufmerksam die Reaktion von Gerber.

„Was soll ich denn wissen? Was ist los? Ist Frau Steinberger etwas zugestoßen?“

Reichard blickte Gerber prüfend in die Augen.

„Frau Steinberger wurde ermordet aufgefunden!“

Gerbers Augen weiteten sich. „Ermordet? Was heißt ermordet? Wo ist das denn passiert? Und warum? Wer in drei Teufels Namen tut denn so was?“

„Das, Herr Gerber, sind ungefähr die Fragen, die wir uns auch gestellt haben. Und vor allem das „Warum" und das „Wer" interessiert uns ganz besonders. Deshalb wären wir Ihnen sehr verbunden, wenn Sie uns mit ein paar Auskünften weiterhelfen könnten."

Gerber stand auf und ging schnell um seinen Schreibtisch herum. Er schaute Hauptkommissar Gehring an und deutete mit einer fahrigen Bewegung auf den unbequem wirkenden Stuhl vor seinem Schreibtisch. „Bitte, nehmen Sie doch Platz."

Er ging zum verwaisten Arbeitsplatz seiner Kollegin, griff sich den Besucherstuhl davor und schob ihn Kommissar Reichard hin.

„Hier, Herr Kommissar, setzten Sie sich doch bitte!"

„Vielen Dank, Herr Gerber." Georg Gehring ließ sich auf das harte Möbel sinken.

Gerber hatte sich indessen wieder hinter seinen Schreibtisch verzogen und musterte die Beamten interessiert.

„Schießen Sie los. Wie kann ich Ihnen weiterhelfen?" Gerber wirkte plötzlich aufgeräumt und hilfsbereit. Irgendwie hatte er die Nachricht vom Tod seiner Kollegin schnell verdaut. Oder er wollte sich einfach nichts anmerken lassen.

„Herr Gerber", begann der Hauptkommissar, „Ihre Kollegin wurde auf einem Gartengrundstück in Oberrad gefunden. Jemand hatte ihr mit einer Sense schwere Verletzungen am Hals beigebracht. Einer der Nutzer des Gartens hat sie gefunden und uns benachrichtigt."

Jetzt wirkte Gerber ehrlich schockiert. „Wie bitte, mit einer Sense? Ich ... nein, das kann aber doch nicht ... ich meine, wer macht denn so was? Das ist doch wie im Horrorfilm ..."

Georg Gehring beobachtete Gerber aufmerksam. „Es handelt sich um das Kleingartengebiet an der Offenbacher Landstraße. Der Besitzer des Gartengrundstückes, auf dem die Tat stattgefunden hat, heißt Michael Fander. Wir haben uns nun gefragt, ob es irgendetwas gibt, das wir noch über dieses Gelände wissen sollten?"

Gerber wirkte etwas betreten. „Nun, das ist ein Kleingartengelände wie viele andere auch. Lassen Sie mich einmal schnell nachsehen ..." Er hackte unbeholfen auf seiner Computertastatur herum.

„Ja, also, da gibt es ein Häuschen mit einer Sondernutzungsgenehmigung auf dem Grundstück. Das Gebäude diente früher als eine Art Behelfswohnheim, und der Vater von Herrn Fander hat einmal längere Zeit dort gewohnt. Nach meiner Information ist dort niemand mehr gemeldet. Und das Gelände wird ganz normal als Garten genutzt. Mehr kann ich Ihnen auch nicht dazu sagen."

Gehring lächelte Herrn Gerber freundlich an.

„So weit reicht unser Wissensstand auch", beschied er Gerber. „Allerdings gibt es Hinweise für die Annahme, dass irgendeine Veränderung in der Nutzungsweise des gesamten Geländes anstehen könnte. Informationen dieser Art müssten Ihnen doch leicht zugänglich sein, oder?"

Gerber senkte resigniert die Schultern und legte den Kopf schräg, als er zur Antwort ansetzte. Er schaute die Polizisten nicht an und starrte aus dem Fenster.

„Nun, da tut sich tatsächlich etwas", brummte er unwillig. „Das ist allerdings alles noch längst nicht spruchreif. Vor längerer Zeit wurde einmal ein Antrag gestellt, der zum Inhalt hatte, das Kleingartengelände neben der Offenbacher Landstraße zum Baugebiet umzunutzen. Darüber wird nun beraten. Es wurde aber noch nicht darüber entschieden, und der Ausgang dieser Sache ist nach meiner Meinung ziemlich ungewiss."

Es war offensichtlich, dass sich Gerber nicht wohl in seiner Haut fühlte. Er wischte geschäftig mit einem Papiertaschentuch über den Bildschirm. Es knisterte leise, als er das Taschentuch von einer Ecke in die andere zog. Unsicher hob er den Blick in Richtung der Kommissare.

„Und Frau Steinberger hatte ebenfalls Kenntnis von diesem Vorgang?", schob Gehring die Frage hinterher.

„Nein, hatte sie nicht. Das heißt, okay, zugegeben, ich hatte mal etwas angedeutet. Wissen Sie, Frau Steinberger erzählte immer so viel privates Zeug, Sie verstehen schon. Sie war immer sehr unbekümmert und hat sehr oft und sehr viel geplappert. Und ich wusste, dass ihr neuer Freund Besitzer eines Gartens auf diesem Gelände war. Rein zufällig habe ich diesen Antrag in Verbindung mit dem Herrn Fander gebracht. Und habe dann Frau Steinberger gegenüber mal angedeutet, dass da eine Umnutzung stattfinden könnte."

„Und wie hat Frau Steinberger darauf reagiert?", schaltete sich Kommissar Reichard ein.

„Sie war plötzlich ziemlich aufgeregt, sie wollte Fander sofort Bescheid sagen, weil er, wie sie mir erzählte, das Grundstück sowieso verkaufen wollte. Und das ja enorm im Wert steigen würde, wenn der Antrag durchkäme. Sie hatte wohl Sorge, dass er den Garten zu früh und damit unter Wert abgeben könnte. Herr Fander scheint in ziemlichen finanziellen Schwierigkeiten zu stecken. Und Frau Steinberger glaubte, dass damit alle seine Probleme gelöst werden könnten."

Gerber stand auf und ging zum Fenster. Gedankenverloren blickte er über die Straße.

Er bemerkte eine Elster, die auf einer Platane auf der anderen Straßenseite landete. Sie hüpfte ein paarmal unbeholfen den Ast entlang und entschwand dann wieder mit geschwätzigem Schäckern.

Manches Mal schon hatte er Rosi Steinberger insgeheim mit diesem Vogel verglichen. Obwohl diese Vögel ja in dem Ruf standen, ein Leben lang mit dem gleichen Partner zusammenzubleiben. Was man von Rosi Steinberger nun nicht gerade behaupten konnte. Ihrem fatalen Hang zur Geschwätzigkeit war sie allerdings immer treu geblieben.

Ach, egal. Jetzt musste er erst einmal versuchen, die beiden Nervensägen hier loszuwerden.

Er drehte sich langsam um und lehnte sich erschöpft an den Fenstersims.

„Das ist aber wirklich alles, was ich weiß. Ich habe Frau Steinberger auch versucht klarzumachen, dass es zu früh ist darüber zu reden. Weil der Ausgang noch ungewiss ist und ihr Freund sich deshalb vergeblich Hoffnungen auf das große Geld machen könnte."

Gerber ging hinter seinen Schreibtisch zurück, zog sich umständlich den Bürostuhl unter seinen Hintern und setzte sich wieder. Mit beiden Händen stützte er sich am Schreibtischrand ab, beugte den Kopf leicht nach vorne und blickte Hauptkommissar Gehring mit schlecht gespieltem Interesse an.

„Kann ich sonst noch etwas für Sie tun, meine Herren? Ich kann Ihnen anbieten, Sie sofort zu informieren, sollten sich interessante Neuigkeiten ergeben!"

Gerber stand auf und streckte Georg Gehring die Hand

hin. Gehring ging darauf ein und ergriff die dargebotene Hand.

„Genau darum wollte ich Sie bitten, Herr Gerber. Und vielen Dank für Ihre Offenheit und Ihre Mithilfe! Wir dürfen Sie doch noch mal in Anspruch nehmen, wenn weitere Fragen auftauchen?“

„Überhaupt kein Problem“, entgegnete Gerber. „Rufen Sie einfach an oder kommen Sie vorbei, wenn Sie noch etwas wissen wollen. Ich muss jetzt erst einmal die schlimme Nachricht an unser Personalbüro weitergeben.“

Auf der Treppe nach unten schaute Kommissar Reichard seinen Chef ungläubig an.

„Da haben Sie sich aber ganz schön abwimmeln lassen, Chef. Der hatte bestimmt noch einiges zu erzählen!“

„Alles zu seiner Zeit, Reichard. Wir wollen unsere Kunden doch bei Laune halten. Außerdem habe ich noch einen Spezialeinsatz für Sie. Sie werden begeistert sein. Mir ist da nämlich gerade eine Idee gekommen. Ich muss nur vorher noch mal mit ein paar Leuten sprechen.“

Hofbieber in der Rhön

10

Karlo Kölner schlug die Decke zur Seite und streckte sich gähnend. Der alte Radiowecker auf der kleinen Ablage am Kopfende des Bettes zeigte halb drei am Nachmittag. In zwei Stunden würde Paul von der Arbeit kommen. Dann würde es bestimmt wieder was Gutes zu essen geben. Mit ein wenig schlechtem Gewissen war er liegen geblieben, obwohl er sich eigentlich vorgenommen hatte, für Paul was Essbares zuzubereiten. Als Miete sozusagen, und als Anerkennung für Pauls Gastfreundschaft. Aber jetzt wurde es langsam Zeit aufzustehen.

Karlo schlurfte ins Bad und putzte sich die Zähne. Dann stellte er sich unter die Dusche und ließ das Wasser laufen.

Als er sich gerade abgetrocknet und angezogen hatte, hörte er die Türklingel.

„Paul", dachte er freudig, „Paul ist wahrscheinlich früher von der Arbeit zurück!"

Er schlurfte zur Tür, drückte die Klinke nach unten und öffnete die Eingangstür schwungvoll.

Am liebsten hätte er die Tür noch schwungvoller wieder ins Schloss geworfen. Doch erstens war er vor Schreck einen Moment starr wie eine Eisenstange.

Und zweitens hatte Kommissar Reichard, der alte Fuchs, schon einen Fuß auf der Türschwelle stehen.

„Ich habe das Gefühl, hier ist jetzt erst mal Schluss für

Sie, Herr Kölner. Ich möchte Sie bitten, mir jetzt keine Schwierigkeiten zu machen und mitzukommen. Und verzichten Sie bitte auf Ihre üblichen Tricks!"

Karlo hatte sich indes wieder gefangen. Seine Straßenkater-Mentalität gewann wieder die Oberhand, und ganz vorsichtig fuhren die Krallen aus.

„Aber Herr Kommissar, ich bitte Sie", säuselte er verbindlich, „kommen Sie doch herein. Ich muss nur noch meine Sachen zusammensuchen. Es tut mir leid, ich habe Ihnen wohl mehr Kopfzerbrechen bereitet, als mir selbst gut tut. Ich werde das wieder gutmachen, das verspreche ich Ihnen. Ich stehe im Moment nur völlig neben mir. Das alles geht mir mehr an die Nieren, als Sie sich vorstellen können."

„Okay, Kölner, genug gequatscht, gehen Sie bitte vor. Und keine krummen Sachen. Glauben Sie nicht, Sie könnten mich reinlegen!"

Reichard betrat den kleinen Vorraum der Einliegerwohnung. Am Ende des Vorraums befand sich eine schmale Tür, hinter der Kölner verschwand.

„Nur schnell meine Waschsachen. Dann können wir los!"

Kölner schloss die Tür. Reichard rechnete allerdings nicht damit, dass diese Tür sich so bald wieder öffnen würde, als er gerade Posten davor beziehen wollte.

Und auch noch so heftig. Und so obergemein und mutwillig.

Was er noch spürte, war ein kurzer Kontakt seiner Nase und Bruchteile einer Sekunde später auch seiner Stirn mit dem massiven Eichenholz der Badtür. Er sah kurz einen hellen Blitz, dann wurde es Nacht.

Karlo Kölner zögerte nur einen kleinen Augenblick, dann huschte er zum Abstellraum. Neben einer kleinen Waschmaschine und allerlei Gerümpel fand er ein großes Stück alter Wäscheleine.

Er packte den regungslosen Polizisten unter den Achseln und schleifte ihn ins Wohnzimmer.

Ein schlechtes Gewissen erfasste ihn, als er den Beamten verschnürte wie ein Postpaket. Zum Ausgleich hievte er ihn auf die große komfortable Couch, auf dass der Kommissar es auch recht bequem habe, bis Paul ihn entdecken würde.

Kölner suchte noch in Reichards Taschen nach den Autoschlüsseln und fand den Schlüssel eines VW-Passat in der Anzugjacke des Überrumpelten.

Mit einem überlegenen Grinsen beugte er sich zu dem gut verpackten Kommissar hinunter und tätschelte ihm liebevoll die Wangen.

„Nix für ungut, Herr Polizeirat", murmelte er spöttisch, „aber jetzt muss ich leider weg."

Eilig warf er sich herum und flitzte zur Eingangstür. Zwanzig Meter von der Einfahrt entfernt stand der Passat mit dem Wiesbadener Kennzeichen.

Karlo schaute flink rechts und links die Straße entlang und steckte den Schlüssel vorsichtig ins Schloss – er passte. Dann zog er die Tür auf und faltete sich hinter das Steuer.

Als er gerade losfahren wollte, sah er Pauls alten Mini um die Ecke biegen. Er duckte sich nach rechts auf den Beifahrersitz und wartete, bis Paul sich aus seinem Kleinwagen geschält hatte und auf die Eingangstür zuging.

Dann startete er den Wagen. Im Rückspiegel konnte er noch beobachten, wie Paul die Tür öffnete. Na gut, dann würde Reichard nicht so lange leiden müssen. Wenn er schon wieder erwacht war. Er rollte auf die Kreuzung zur Hauptstraße zu, schaltete in den ersten Gang, lenkte nach rechts in Richtung Fulda und gab kräftig Gas.

Paul betrat indessen seine Wohnung. Er hängte seinen alten Bundeswehrparka an die Garderobe. Dann teilte er mit der linken Hand den altmodisch anmutenden Perlenvorhang, der die Küche vom Esszimmer trennte.

Er öffnete die Kühlschranktür in dem wohligen Wissen, dass das altehrwürdige Bosch-Kühlgerät noch eine halbe Flasche eines herrlichen Apremont, einem Weißwein aus dem französischen Jura, beinhaltete. Nach dieser Flasche griff er nun, bester Laune und in der Absicht, sich vor allem anderen, das er heute noch tun würde, ein Glas dieses wunderbaren Getränkes einzuverleiben.

Er holte sich ein kleines Verkostungsglas aus dem Hängeschränkchen neben dem alten italienischen Gasherd und goss es zu drei Vierteln voll. Dann ging er beschwingt zu dem runden Ahorn-Esstisch, zog einen Stuhl zurück und nahm Platz.

Was Karlo wohl gerade trieb? Ob er sich schon entschlossen hatte, reinen Tisch zu machen oder ob er sich noch in der Einliegerwohnung aufhielt? Wenn er da wäre, sollte er ihm nicht ein Gläschen anbieten? Und außerdem wäre es gut zu wissen, ob Karlo schon etwas gegessen hatte, oder ob er ihn heute Abend mit einplanen müsste.

Seufzend erhob er sich und ging nach vorne zur Tür. Er verließ das Haus und ging die vier kleinen Stufen hinunter, die zur Eingangstür der Einliegerwohnung führten. Er legte den rechten Zeigefinger auf den Klingelknopf und ließ es einige Sekunden lang klingeln. Keine Reaktion. Paul griff in seine linke Hosentasche und zog seinen Schlüsselbund hervor. Ein Scharren hinter der Tür ließ ihn einen Moment innehalten. Dann bollerte irgendetwas im unteren Bereich gegen das Türblatt.

Erschrocken trat Paul einen Schritt zurück.

„Zum Teufel, wer ist denn da? Hören Sie mich? Holen Sie mich hier raus. Hallo! Hallo!"

Oh nein. Karlo. Was war da los? Er versuchte die Tür zu öffnen und spürte einen Widerstand. Er drückte etwas fester und spürte, wie er etwas Schweres nach innen drückte. Allerdings etwas Schweres, das fluchte wie ein alter Fuhrmann.

Als er es geschafft hatte, die Tür aufzudrücken, glitt er in den kleinen Vorraum. Da sah er die Bescherung.

Auf der Erde hinter der Tür lag ein gefesselter Mann.

Schlimmer noch. Es war ein gefesselter Kriminalkommissar. Aber das konnte Paul zu diesem Zeitpunkt nicht wissen.

–

Harald Reichard hielt sein Handy fast eine Armlänge vom Ohr, denn Hauptkommissar Gehring tat etwas, was er sehr selten tat. Hauptkommissar Gehring tobte vor Wut. Er tobte so sehr, dass Kommissar Reichard, der mittlerweile an Pauls schönem Ahorn-Esstisch Platz genommen hatte, sein Glas mit dem schönen französischen Weißwein auf Armlänge von sich schob, auf dass es nicht vor Schreck vom Tisch rutsche.

„Muss man denn alles selbst machen! Verdammt noch mal. Sie wissen doch, was das für ein schräger Vogel ist.

Hätten Sie denn nicht Ihre Gedanken einen Moment beisammen halten können? Setzen Sie sich in den Zug und kommen Sie her. Und egal wie spät es wird – ich will Sie heute noch hier sehen! Ist das klar?“

Dann war das Gespräch beendet.

Gehring verfluchte diese elenden digitalen Tastentelefone. Er hätte richtig Lust gehabt, wie früher, den Hörer mit mächtigem Krafteinsatz auf die Gabel zu knallen. Dass es Reichard in den Ohren gedröhnt hätte.

So musste er dem fast übermächtigen Wunsch widerstehen, das Empfangsteil einfach an die Wand zu werfen.

An Pauls Esstisch saß Reichard und vergrub kleinmütig seinen Kopf in den Händen.

Es war aber auch reichlich dumm gelaufen. Wenn dieser Kölner nur nicht immer so harmlos wirken würde. Irgendwas hatte der doch auf dem Kerbholz. Es konnte einfach nicht angehen, dass der Kerl einem andauernd durch die Lappen ging und nichts mit dem Mord zu tun hatte. Und jetzt noch ein tätlicher Angriff auf einen Beamten. Und der Diebstahl eines Dienstwagens. Na gut! Zumindest dafür würden sie ihn drankriegen.

Frankfurt am Main

11

„He, Kuhl, du musst mir einen Gefallen tun."

Karlo Kölner hatte Reichards Passat in der Starkenburger Straße abgestellt, und zwar in dem Teil, der links abzweigte, in Richtung des Offenbacher Rudervereins. Das war praktisch eine Sackgasse, oder besser: eine Sackallee, mit wunderschönen alten Bäumen, die rechts und links die Straße säumten. Diese Straße führte direkt auf den Main zu, endete erst am Mainufer und ging in einen asphaltierten Spazierweg über, auf dem man in Richtung Offenbach gelangte, zur Carl-Ulrich-Brücke, die den Frankfurter Ortsteil Fechenheim mit Offenbach verband. Bei der Abzweigung, an der diese Sackgasse begann, knickte rechts die Dieburger Straße ab, die direkt zur Brücke über den Main führte.

Kölner stand in einer der letzten Telefonzellen des Ortsteils, die sich genau an dieser Abzweigung befand, und redete aufgeregt mit Wolfhard Kuhl. Er hatte an die sicher überprüfbaren Verbindungsnachweise gedacht und wollte Kuhl nicht noch mehr Schwierigkeiten machen, als er ihm schon bereitet hatte. Daher verzichtete er darauf, sein Handy zu benutzen.

„Karlo, hör auf mit der Scheiße. Gar nichts werde ich tun. Du gehst jetzt zu den Bullen und redest mit denen. Du manövrierst dich doch immer tiefer rein!"

Kuhl fühlte sich unbehaglich und hätte am liebsten aufgelegt. Karlo aber begann schnell zu reden.

„Ich bin schon viel zu tief drin, als dass ich jetzt zur Polizei gehen könnte. Die verdächtigen mich mit Sicherheit. Und wenn ich da hingehe, buchten die mich ein. Und ich kann nichts mehr tun. Ich muss selbst rausfinden, was da passiert ist. Dazu muss ich mit ein paar Leuten sprechen. Aber die werden das vielleicht nicht freiwillig machen. Und von manchen hab ich nicht mal die Telefonnummer. Du musst mir helfen. Ich habe keine Ahnung, wen ich sonst fragen soll. Kuhl, ich hab da wirklich nichts mit zu tun, du glaubst mir das doch hoffentlich?"

Kölner schaute hektisch in alle Richtungen.

„Vergiss es, Karlo, ich glaube dir ja, aber ich habe keine Lust, mich für irgendeine Beihilfe, die mir die Polizei andichten könnte, auch noch festsetzen zu lassen. Außerdem bin ich gerade dabei das Motorrad zu packen und in den Urlaub zu fahren. Ich will keinen Ärger. Vor allem nicht mit Kristin. Und damit Schluss jetzt!"

Kuhl legte auf, drehte sich herum und blickte in das argwöhnische Gesicht seiner Frau. Notgedrungen hatte er ihr die Geschichte erzählen müssen.

Kristin hatte ihn behandelt, als hätte *er* den Mord begangen. Aber so waren die Frauen eben. Heim und Familie schützen, aber daneben gab es auch noch Freunde. Karlo tat ihm leid, aber hier konnte er nichts mehr für ihn tun. Und seine fünfhundert Mäuse könnte er wohl auch abschreiben. Davon hatte Kristin allerdings keine Ahnung.

Und so sollte es auch bleiben!

„Keine Angst", beruhigte er sie, „ich halte mich ab jetzt aus der Sache raus. Und wir machen endlich wieder einmal richtig Urlaub. Wie weit bist du denn mit deinen Sachen? Kann ich schon was in die Motorradkoffer packen?“

Währenddessen machte sich bei Karlo Kölner eine gewisse Panik breit. Das Mühlrad in seinem Kopf drehte sich schwerfällig. Keine Klamotten, das ganze Zeug lag noch im Gartenhaus, und da würde die Polizei bestimmt ein Auge drauf haben. Mit der Kohle musste er sowieso vorsichtig sein, und eine Bleibe hatte er auch nicht mehr.

Reinfeld!

Herbert Reinfeld, die gute Seele. Hatte er das ganze Dilemma schon mitgekriegt? Oder sollte er sich lieber noch einmal bei Jeannette melden? Nein, die würde bestimmt unter Beobachtung stehen. Und wer weiß, am Ende hing Sitka bei ihr ab, da ginge doch der Ärger aufs Neue los. Außerdem hatte sie gerade Sina zu Besuch. Also Reinfeld. Der hatte ihm ja auch die Erlaubnis verschafft, im Gartenhaus zu wohnen.

Herbert Reinfeld war das neueste Mitglied im Motorradclub. Er war zwar schon länger mit einigen Clubmitgliedern befreundet und gelegentlich auf seiner dicken Moto Guzzi zu gemeinsamen Ausfahrten mitgekommen. Aber als offizielles Clubmitglied galt er erst seit einem Vierteljahr.

Reinfeld betrieb eine Firma im Rodgau, im Industriegebiet von Dietzenbach. Irgendwas mit Metallverarbeitung, glaubte sich Kölner zu erinnern. Reinfeld war ein loyaler Freund, und man konnte sich immer auf ihn verlassen, wenn es darauf ankam. Und das tat es jetzt, nicht?

Also warf er eine Münze ein und suchte im Verzeichnis seines Handys die Telefonnummer von Reinfelds Firma. Dann wählte er die Nummer.

„Firma Reinfeld, mein Name ist Altenberg, was kann ich für Sie tun?"

Kölner überlegte kurz.

„Hier ist die Firma Digi-Solar, mein Name ist Hollfeld. Ich müsste kurz mit Herrn Reinfeld über ein Angebot sprechen, bitte."

„Einen Moment, ich versuche zu verbinden."

Nach etlichen Takten „Für Elise" in kümmerlicher digitaler Aufbereitung meldete sich eine Stimme.

„Reinfeld, Herr Hollfeld, wie kann ich Ihnen helfen?"

„Nix Hollfeld, ich bins, Karlo. Herbert, bitte, du musst mir helfen. Ich habe einige Probleme."

„Karlo, was ist denn ..."

„Nein, nichts fürs Telefon. Darf ich dich gleich mal besuchen? Ich meine, wenn du ne halbe Stunde für mich Zeit hättest, wäre das klasse. Ich steck hier wirklich in der Klemme!"

Reinfeld überlegte kurz.

„Okay, Karlo, komm einfach hier in der Firma vorbei. Ich habe heute Nachmittag einen Termin, bis dahin kann ich mich ein Stündchen frei machen. Ist das in Ordnung?"

„Danke, Mann. Ich bin froh, dass es dich gibt. Ich bin gleich da!"

Kölner knallte den Hörer auf, stieß die Tür nach außen und stürmte aus der Telefonzelle. An seinem „Leihwagen" angekommen vergewisserte er sich, dass ihn niemand beobachtete. Dann ließ er sich hinters Steuer sinken und startete den Wagen.

Er drehte auf der Straße und fuhr nach links Richtung Offenbach.

Karlo Kölner parkte den Passat vor einem kleinen Wohnhaus am Eingang zum Industriegelände. Den Rest von zirka achthundert Metern ging er zu Fuß.

Er schritt auf das kleine Verwaltungsgebäude neben der Werkshalle zu, als Herbert Reinfeld die Tür öffnete.

„He Karlo, das ging aber schnell. Bist du geflogen?"

„Ich äh, hab mir ein Auto geliehen, sozusagen. Ich erzähle dir gleich alles."

Reinfeld musterte Karlo Kölner misstrauisch.

„Na, dann komm erst mal rein."

Die beiden betraten das Vorzimmer. Herbert Reinfeld überlegte kurz und schaute dann zur Sekretärin, Frau Altenberg.

„Bitte, Frau Altenberg, bringen Sie uns doch eine Kanne Kaffee."

Mit einem prüfenden Blick auf Karlo setzte er hinzu: „Und machen Sie uns bitte ein paar belegte Brote. Und dann, Frau Altenberg, möchte ich die nächste Stunde nicht gestört werden. Wenn es etwas Wichtiges gibt, rufe ich später zurück."

Die Tür zu Reinfelds Büro stand offen, Reinfeld griff mit der rechten Hand zur Klinke, winkte Kölner mit der linken an sich vorbei und zeigte auf den bequemen Besucherstuhl vor seinem Schreibtisch. Dann schloss er die Tür bedächtig, umrundete seinen Schreibtisch und nahm Karlo gegenüber Platz.

Als Karlo den Mund öffnen wollte, hob Reinfeld die Hand.

„Einen Moment, Karlo, jetzt lassen wir uns erst mal bedienen. So viel Zeit muss sein."

Herbert Reinfeld gab noch etwas in seinen Computer

ein, schloss das geöffnete Programm und lehnte sich gerade zurück, als sich die Tür öffnete.

Frau Altenberg, die gute Seele, betrat das Büro und servierte die gewünschten Stärkungen.

Karlo war kurz vor dem Platzen. Frau Altenberg hatte nicht gespart. Und das war gut so.

Denn seit vorgestern Abend hatte er nichts mehr gegessen, und die Nacht im Passat war auch alles andere als erfrischend gewesen. So genoss er die Schinken- und Käsebrote mit den Gürkchen und den Tomaten und vor allem den frischen Kaffee besonders.

Nachdem er den Hergang des ganzen Dramas losgeworden war, ging es ihm etwas besser.

Reinfeld schaute sehr besorgt.

„Und was hast du dir nun vorgestellt, Karlo? Was hast du vor, und vor allen Dingen, was kann ich dabei tun?"

Kölner schaute den Freund hoffnungsvoll an.

„Erst einmal brauche ich eine Bleibe. Irgendwo, wo mich keiner vermutet. Und dann muss ich mit ein paar Leuten sprechen. Ich muss rauskriegen, was passiert ist. Ich kann mir da wohl nur selbst helfen, im Moment. Von der Polizei kann ich jetzt nichts Gutes erwarten. Ich habe mich gefragt, ob du mir helfen kannst, mit ein paar unserer Bekannten persönlich Kontakt aufzunehmen. Ohne dass sie gleich wissen, dass ich es bin, der mit ihnen reden will. Ich habe nämlich den Verdacht, dass nicht jeder mit mir reden möchte!"

„Karlo, jetzt fang aber nicht mit irgendwelchen Verschwörungstheorien an. Wer soll dir denn irgendwas anhängen wollen, und vor allem warum?"

Kölner wirkte ungeduldig.

„Herbert, ich behaupte ja nicht, dass jemand ausgerechnet *mir* was anhängen will. Aber irgendwie werde ich das Gefühl nicht los, dass hier von den Tatsachen abgelenkt werden soll. Ja, ich habe Mist gebaut. Und deshalb denkt die Polizei wahrscheinlich jetzt auch das Falsche. Ich will die Wahrheit rausfinden. Ohne dass ich selbst was Konkretes in der Hand habe, brauch ich bei denen doch gar nicht aufzukreuzen. Oder?"

Reinfeld seufzte tief. Er stützte seinen Kopf auf die linke Hand. Mit der rechten wischte er mit einer schnellen Bewegung über den Schreibtisch, als wolle er die Probleme einfach wegfegen.

Er sah Karlo in die Augen.

„Also gut, Karlo. Du kannst in dem kleinen Büro über der Halle unterkommen. Da ist im Moment niemand drin. Ich stell dir eine Liege rein und bring dir ein paar Decken. Da hast du auch eine kleine Waschgelegenheit. Ein paar Klamotten bring ich dir später vorbei. Und was zu essen. Du hast dort auch einen Kühlschrank und eine doppelte elektrische Kochplatte. Sag mal, hast du deinen Führerschein noch?"

„Na klar, ich bin doch eben noch gefahren", grinste Kölner frech.

„Herzeigen! Zeig mir den Schein!", befahl Reinfeld.

Kölner langte in die Innentasche seiner Jacke und zog ein Plastiketui hervor. Er nestelte seinen Führerschein heraus und reichte ihn Reinfeld.

Der betrachtete das Dokument sorgfältig.

„He, Mann, du hast ja sogar Klasse Eins. Kannst du überhaupt Motorrad fahren?"

„Jetzt mach aber mal nen Punkt, Herbert. Du kennst doch noch meine alte Honda. Die musste ich leider damals verkaufen, als ich gerade mal knapp bei Kasse war."

„Gerade mal, sagst du? Kleiner Scherz deinerseits, nicht wahr?"

Reinfeld reichte ihm die Fahrerlaubnis über den Tisch zurück und stand auf. Er winkte Karlo kurz, es ihm gleichzutun.

„Dann komm mal mit, Karlo. Ich zeige dir deine Bleibe, und dann besprechen wir, wie wir vorgehen können. Irgendwie muss die Sache vom Tisch. Und wenn wir das geschafft haben, wollen wir sehen, wie wir dich sauber halten können. So geht das nicht weiter mit dir!"

Er blieb plötzlich stehen und überlegte einen Moment. Dann schaute er Karlo offen ins Gesicht.

„Gut Karlo! Ich habe offiziell noch nichts von der ganzen Geschichte gehört. Vor allem nichts, was deine Eskapaden betrifft. Und so wollen wir es möglichst lang halten. Du bist hier ab heute als Aushilfe eingestellt. Als Fahrer, wenn irgendeine Kleinigkeit anfällt oder so. Aber nur, wenn jemand fragen sollte. Die Anmeldepapiere dafür bereite ich vor, halte sie aber noch ein paar Tage zurück. Und du bleibst so unsichtbar wie möglich. Gehst nur über den separaten Außeneingang auf der Rückseite in deine neue Behausung. Und verlässt sie nur, wenn ich davon informiert bin. Und weiß, was du machen willst. Das sind meine Bedingungen. Wenn du dich nicht dran hältst, fliegst du. Ohne Gnade! So, jetzt hab ich einen Termin, wie ich dir schon angedeutet habe. Danach komme ich hoch zu dir. In der Zwischenzeit machst du mir eine genaue Aufstellung der Dinge, die du glaubst tun zu müssen, und eine Liste der

Leute, mit denen du reden willst. Und dann machen wir einen genauen Plan!“

Reinfeld, der Pragmatiker, gab es vor sich selbst nicht zu. Aber er begann gerade einen irren Spaß an diesem Räuber-und-Gendarm-Spiel zu bekommen.

12

„Nein, es hat nichts mit dir zu tun“, log Jeannette. „Ich muss einfach mal zu mir selbst finden. Geht das denn nicht in deinen Kopf? Glaubst du wirklich, das geht so spurlos an mir vorbei, was da passiert ist?“

Jeannette Müller und Bernd Sitka standen in Jeannettes kleiner Küche. Sitka schaute aus dem Fenster. Jeannette versuchte verzweifelt, ein paar gekochte Kartoffeln zu schälen, um Sitka nicht ansehen zu müssen.

Sitka war fassungslos. Natürlich konnte er nachvollziehen, dass Jeannette schwer getroffen war vom Tod ihrer Schwester. Aber das musste doch ihre Beziehung nicht kaputtmachen. Und trotzdem: er kannte die Indizien ja sehr genau, an denen man festmachen konnte, dass eine Beziehung am Ende war. Fehlte nur noch, dass sie davon anfing, sie könnten ja gute Freunde bleiben.

Jeannette legte die halb geschälte Kartoffel beiseite und fixierte das kleine gebogene Schälmesser. Sie legte auch das auf die Arbeitsplatte und verschränkte die Arme vor der Brust.

„Lass uns einfach gute Freunde bleiben. Und uns vielleicht für ein paar Wochen nicht sehen. Und dann mal gucken, wie wir zueinander stehen, ob da noch was ist.“

Aha. Da war es also raus. Wie im Witzblatt. Es war ja nicht so, dass Sitka nicht morgen schon eine andere haben könnte, aber solche Situationen nagten immer schwer an seinem Selbstwertgefühl, an seiner Macho-Ehre. Außerdem mochte er Jeannette. Und ihre bequeme, saubere Wohnung. Und ihr Essen. Und ihre Waschmaschine, die er nicht zu bedienen brauchte.

„Du willst also nicht mehr", ließ er beleidigt vernehmen.

Irgendetwas wühlte in seinem Bauch. Eine tiefe Verletztheit hatte ihn erfasst.

„Was heißt schon, ich will nicht mehr. Lass mir doch einfach mal ein bisschen Ruhe, dann sehen wir weiter." Jeannette wirkte extrem genervt, fast ein wenig böse.

„Was soll ich denn machen? Was hab ich falsch gemacht? Du hättest doch drüber reden können, wenn was nicht gestimmt hat! Ich kann mich in vielen Dingen auch ändern. Lass uns jetzt nicht so auseinandergehen. Du kannst doch die ganze schöne Zeit nicht einfach wegwerfen."

Jeannette schnaufte laut und vernehmlich aus und ließ die Schultern sinken.

„Sei doch einfach, wie du bist. Alles andere ist Blödsinn. Und ich sage es noch mal, es hat nichts mit dir zu tun!" Jeannette verdrehte die Augen.

„Gut. Du glaubst also, du kannst mich hier zwischen zwei geschälten Kartoffeln abservieren. Alles klar!", jammerte Sitka.

Er schien einen Moment zu grübeln, bevor er wütend aufschaute und etwas lauter wurde.

„Ach ja, und es hat nichts mit mir zu tun? Vielleicht aber mit jemand anderem? Schraubt vielleicht dieser verdammte Knastbruder wieder an dir rum? Hä? Du hast wohl vergessen, dass er mir nur wegen dir die Gräten verbogen hat! Drei Wochen habe ich danach im Krankenhaus gelegen! Aber wenn du es so willst, bitte schön, ich gehe!"

Sitka schäumte vor hilfloser Wut. Er drehte sich um und fegte den Topf mit den gekochten Kartoffeln vom Herd. Der schwere Gusstopf krachte gegen den Unterschrank der gegenüberliegenden Arbeitsfläche und hinterließ eine große hässliche Delle im Buchenfurnier.

Ungestüm nahm Sitka die Klinke der Küchentür mit der gewellten Glasfüllung in die Hand und riss sie mit aller Macht hinter sich zu. Die Tür fiel scheppernd ins Schloss, das Glas zerbarst klirrend und verteilte sich in vielen kleinen Stücken auf dem Teppichboden im Flur. Jeannette hielt sich erschrocken und stumm vor Schreck mit beiden Händen an der Arbeitsplatte fest.

Als Sitka die Eingangstür der Wohnung aufriss, hörte Jeannette ihn mit überschnappender Stimme schreien. Sie hoffte nur, dass nicht so viele Leute zu Hause wären.

„Dann wünsche ich dir viel Spaß mit deinem kriminellen Schlägertypen. Vielleicht verdrischt er dich auch mal richtig! Na, wems Spaß macht! Kriegt der überhaupt noch einen hoch, der alte Sack?"

Die Eingangstür schloss sich dröhnend, so dass man es durchs ganze Haus hören konnte, und Jeannette stand starr und wie vom Donner gerührt in der Küche.

Als es zwei Minuten später klingelte, zuckte Jeannette zuerst zusammen. Als sie dann jedoch Sinas Stimme durch die Sprechanlage hörte, entspannte sie sich.

Gut, dass Sina zum Einkaufen gegangen war. So hatte sie diese leidige Geschichte hinter sich bringen können, auch wenn das Ende äußerst unerfreulich war. Insgeheim hatte Jeannette auf eine schlimme Szene gehofft. Und darauf, dass sie nach einem unwürdigen Auftritt keine Begründung mehr für die sofortige Beendigung der Beziehung geben musste.

Sie drückte auf den Türöffner für den Hauseingang und zog die Wohnungstür einen kleinen Spalt auf. Das unmännliche Klappern von Sinas Stilettos auf den Treppenstufen wirkte beruhigend auf Jeannette.

„Du lieber Himmel, was ist denn hier passiert?" Sina stellte die beiden Plastiktüten mit den Einkäufen ab, blieb im Türrahmen stehen und schaute erschrocken auf die Glassplitter im Flur.

„Oh, das meinst du? Bernd hat gerade seine Abschiedsvorstellung gegeben. Er scheint nicht zu wissen, wann es genug ist. Und wenn so ein Kerl sich hilflos fühlt, wird er doch meistens gewalttätig." Sie schaute verächtlich. „Eigentlich hätte er dir noch begegnen müssen. Er hat gerade eben das Schlachtfeld verlassen", fügte sie bitter hinzu.

Sina ging auf Jeannette zu und legte ihr vorsichtig die Hand auf die Schulter. Einige Stücke Glas aus der Küchentür zerbrachen mit kleinen Knacksern unter ihren hohen Absätzen.

„Hat er dich geschlagen, der Mistkerl?"

Jeannette verzog spöttisch das Gesicht.

„Dazu ist er doch viel zu feige", stieß sie abschätzig aus. „Es hat ihm wohl gereicht, sich an meinen gekochten Kartoffeln und der Küchentür abzureagieren. Aber warte mal! Der hat ja noch meinen Wohnungsschlüssel. So ein Mist, das hatte ich ganz vergessen!"

„Dann solltest du schleunigst ein neues Schloss einbauen lassen, sonst kriegst du auf einmal ungebetenen Besuch!" Sina schaute besorgt.

Jeannette klaubte die größeren Glasstücke vom Flurboden auf.

„Das wird nicht so einfach sein. Wir haben hier eine Generalschließanlage. Neue Schlüssel kriege ich nur über die Hausverwaltung. Und bis ich die bekomme, kann das schon mal zwei Wochen dauern. Ich sollte einfach versuchen, meinen Schlüssel so schnell wie möglich wiederzubekommen. Das wäre die beste Lösung."

Mittlerweile hatte sie den Staubsauger an die Steckdose im Flur angeschlossen und versuchte, den Teppichboden im Flur wieder barfußtauglich zu bekommen.

Sina indessen sammelte, auf allen vieren durch die Küche kriechend, die gekochten Kartoffeln in eine große Steingutschüssel.

13

„Zuallererst muß ich noch mal mit Jeannette sprechen. Irgendwas muss sie doch mitgekriegt haben. Vielleicht hat sie in den letzten Tagen Ruhe gehabt, um über alles nachzudenken."

Karlo schaute auf das Blatt, das vor ihm lag. Auf dem er mit seiner chaotischen Schrift seine Notizen gemacht hatte. Er mühte sich redlich, seine eigene Schrift zu entziffern.

„Da möchte ich aber lieber dabei sein, wenn du mit Jeannette redest!"

Reinfelds strenges Gesicht ließ eigentlich keinen Widerspruch zu. Eigentlich!

„Ah, ich sehe schon, man vertraut mir nicht!" Karlo gab sich beleidigt.

Reinfeld stand in einer schnellen Bewegung auf und wollte etwas sagen.

„Schon gut, Herbert, schon gut. Ja, dann komm halt mit. Wo treffen wir sie denn? Du solltest einen guten neutralen Ort ausmachen. Und dann sollten wir Mick sehen und auf jeden Fall auch Erwin. Wir müssen unbedingt einen Punkt finden, an dem wir ansetzen können."

Karlo ging zum Fenster, stemmte die Arme in die Hüften und wendete sich wieder Herbert Reinfeld zu.

„Wie kommt die Rosi in den Garten? Das ist mir ein völliges Rätsel. Es kann doch nicht sein, dass sie zufällig beschließt, in den Garten zu gehen, wohin sie eigentlich nie alleine gegangen ist, und genau zu diesem Zeitpunkt wartet dort genauso zufällig der Sensenmann auf sie. Dafür muss es doch eine Erklärung geben."

„Erwin war in der ganzen Zeit ziemlich fertig, seitdem er von zu Hause ausgezogen war. Irgendwas war wohl vorgefallen zwischen den beiden. Aber er hat nichts erzählt. Hat nur mächtig gesoffen, seit der Trennung", grübelte Reinfeld. „Vielleicht hat er eine Idee, was Rosi im Garten vorgehabt hat."

Karlo schaute Reinfeld zweifelnd an.

–

„Chef, Chef! Da, da, da drüben", Reichard fuchtelte mit den Armen und fing beinahe an zu stottern. Der Wagen kam dem rechten Bordstein sehr nahe und geriet leicht ins Schlingern.

„Verdammt noch mal, Reichard. Nehmen Sie die Hände ans Steuer. Was haben Sie denn?" Gehring sah sich und seinen Kollegen schon mit dem Dienstwagen im Vorgarten eines der schmucken kleinen Einfamilienhäuschen, die hier die Fahrbahn säumten.

Reichard lenkte den Wagen scharf an die Fahrbahnkante und blieb abrupt vor einer Einfahrt stehen.

„Sehen Sie doch! Da hinten! Da steht unser Passat!" Er schaute hektisch über seine linke Schulter zurück und deutete mit dem Zeigefinger der rechten Hand etwas unbeholfen auf einen schwarzen Wagen, der leicht schräg in einer freien Parkbucht abgestellt war.

Hauptkommissar Gehring stieß die Wagentür auf. „Na,

wenn das ein Zufall ist, da will ich doch ...", murmelte er, als er Kurs auf das von Karlo Kölner entführte Dienstfahrzeug nahm.

Ausgerechnet hier in Dietzenbach hatte Kölner den Wagen abgestellt? Entweder er wollte, dass das Fahrzeug nicht so schnell gefunden würde – aus welchem Grund auch immer –, oder es war ein Hinweis, dass er sich hier in der Nähe aufhielt.

Georg Gehring schirmte die Augen mit den Händen gegen das Licht ab und näherte sich mit dem Kopf der Seitenscheibe an der Beifahrertür. Er schaute ins Wageninnere. Alles wirkte wie gewohnt. Er zog ein Papiertaschentuch aus der Hosentasche, legte es um Mittel- und Zeigefinger und zog am Türgriff.

Abgeschlossen.

„Reichard, bitte, sagen Sie Bescheid. Die sollen sich um den Wagen kümmern. Und wir arbeiten in der Zwischenzeit unsere Kandidatenliste weiter ab."

Georg Gehring hatte sich die Mitgliederliste genauer angesehen, die er per E-Mail von Wolfhard Kuhl bekommen hatte. Alle Mitglieder, die über Schlüssel für Eingangstor und Hütte verfügten, waren von Kuhl extra gekennzeichnet worden. Außerdem enthielt die Liste Telefonnummern, Adressen, Geburtstage und Eintrittstermine der Mitglieder. Herbert Reinfeld war ihm dabei besonders aufgefallen. Er war der letzte, der dem Verein beigetreten war, erst seit ein paar Wochen, verfügte aber schon über Schlüssel für das Gelände und die Hütte. Andere, ältere Mitglieder besaßen laut Liste keinen selbstständigen Zugang zum Garten. Das musste natürlich gar nichts bedeuten, die neue Mitgliedschaft Reinfelds war aber eine Veränderung innerhalb des Vereins, und Gehring hätte überdies gerne gewusst, wie die Unterschiede bei der Schlüsselvergabe zu erklären waren.

Der Hauptkommissar wendete sich wieder von dem Passat ab und lief neben seinem Kollegen zurück zur aktuellen Dienstkarosse.

Nach einem knappen Kilometer schon waren sie am Ziel. *Reinfeld Metallverarbeitung* las Georg Gehring auf dem einfachen Schild rechts neben der Tür des flachen Verwaltungsgebäudes. Reichard parkte den beigen Opel Astra auf dem eigens vorhandenen Firmenparkplatz, schaltete den Motor ab und stieg aus dem Wagen.

–

„Was soll dieser Blödmann denn für Ideen haben?“, wollte Kölner wissen. „Ideen hat der doch noch nie gehabt. Aber wissen könnte er schon was. Also sollte ich vielleicht zuerst mit ihm reden, bevor wir uns mit Jeannette treffen.“

Karlo bedachte den Freund mit einem zuversichtlichen Blick.

„Wo wohnt der Erwin denn jetzt? Dann schau ich gleich heute noch bei ihm vorbei.“

Reinfeld überlegte kurz, dann ging er zu einem kleinen Computertisch und schaltete einen dort deponierten Laptop ein.

„Kuhl hat vor ein paar Tagen die aktuelle Mitgliederliste rumgeschickt. Schaun wir mal, ob da schon die neue Adresse dabei ist.“

Nachdem der Rechner hochgeladen war, aktivierte Reinfeld das Mailprogramm und öffnete die entsprechende

Nachricht. Er sicherte den Anhang auf die Festplatte und öffnete das Excel-Dokument. „So, da wollen wir mal eben schauen ... Steinberger, hier. Das muss eigentlich die neue Adresse sein. In der Bregenzer Straße in Fechenheim. Aber ich würde vorher mal mit ihm telefonieren. Ob er überhaupt zu Hause ist."

Karlo schnappte sich einen Kugelschreiber und einen alten Briefumschlag, der auf dem Computertisch herumlag und notierte sich eilig die Adresse. Steinberger hatte augenscheinlich noch keinen Festnetzanschluss in seiner neuen Wohnung, und so schrieb Karlo nur die Mobilnummer auf. Er schaute noch mal auf den Umschlag und verglich die Zahlen mit denen auf dem Bildschirm, bevor er die Notizen in seiner rechten Hosentasche verschwinden ließ.

Einen Moment saßen sich die beiden Männer stumm gegenüber. Dann beendete der Klingelton von Reinfelds Mobilteil die Stille.

Reinfeld sah zu Karlo, legte einen Zeigefinger auf seinen verschlossenen Mund und schaltete dann auf Empfang.

„Reinfeld, hallo?"

„Herr Reinfeld, hier sind zwei Herren von der Kriminalpolizei für Sie und wollen Sie sprechen. Haben Sie einen Moment Zeit?"

Herbert Reinfeld atmete tief durch. Da fingen die Probleme schon an. Was wollten die Polizisten denn von ihm? Hatten sie Kölner beobachtet oder war das nur ein Routinebesuch? Nun, da musste er jetzt wohl oder übel durch!

„Ich bin gleich da, Frau Altenberg. Ich brauche nur noch zirka fünf Minuten. Sagen Sie den Herren, wir seien gerade dabei, einen Produktionsablauf abzustimmen. Bieten Sie ihnen doch einen Kaffee oder ein Wasser an." Herbert Reinfeld legte auf und schaute besorgt in Karlo Kölners Richtung.

„Die Polizei ist unten im Büro. Warte hier auf mich und verhalte dich bitte ruhig. Ich werde versuchen, sie schnell loszuwerden ..."

–

„Es hat sich eben herumgesprochen, Herr Gehring." Herbert Reinfeld redete den Hauptkommissar bewusst nicht mit seinem Dienstgrad an. Die Beamten saßen vor dem Schreibtisch und schauten zu Reinfeld, der dahinter direkt vor dem Fenster stand. „Ich glaube, es war der Herr Kuhl, der mich zuerst angerufen hat. Ich kann das nicht fassen. Mit einer Sense. Das hört sich doch schrecklich an. Wie kommt ein Mensch dazu, jemanden ausgerechnet mit einer Sense zu ermorden?", sinnierte Herbert Reinfeld und ließ sich langsam auf seinen Chefsessel sinken.

„Nun, wie dem auch sei", versuchte der Hauptkommissar auf den Punkt zu kommen, „uns würde interessieren, ob Sie einen Herrn Karlo Kölner kennen. Und wann Sie ihn zuletzt gesehen haben."

Reinfeld lachte laut auf. „Was, der Katastrophen-Karlo? Mein Gott, der hat doch dem Sitka eins auf die Mütze gegeben wegen einer Frau, glaube ich, und sitzt jetzt im Knast dafür. Was wollen Sie denn von dem?"

Gehring wirkte unwillig.

„Karlo Kölner ist momentan wieder auf freiem Fuß. Und er nutzt die Zeit fleißig, um uns und vor allem sich selbst Schwierigkeiten zu machen", entgegnete er griesgrämig.

„Aber Sie wollen doch nicht andeuten, dass der Karlo

Frauen ermordet. Und das noch mit einer Sense? Wollen Sie mir nicht erzählen, was da wirklich passiert ist?", ging Reinfeld in die Offensive.

Gehring drehte den Kopf und beobachtete seinen Kollegen Reichard einen kurzen Augenblick. Dann überlegte er einen Moment und seufzte vernehmlich.

„Gut. Herr Reinfeld, das bleibt aber jetzt unter uns. Ich möchte Sie bitten, was ich Ihnen jetzt sage, an niemanden weiterzugeben."

Reinfeld saß kerzengerade hinter dem Schreinbtisch und spitzte die Ohren, als der Hauptkommissar anfing zu reden.

„Frau Steinberger wurde mit einer Sense getötet. Aber vorher wurde sie gewürgt und bekam einen heftigen Schlag auf den Kopf. Die Verletzungen mit der Sense datieren einige Stunden später."

„Aber wie passt das zusammen? Wie kommt es zu diesem Zeitunterschied?" Reinfeld wirkte irritiert.

„Genau das versuchen wir herauszubekommen."

Reinfeld überlegte einen Moment. Eine verlegene Stille machte sich in seinem Büro breit. „Und wie kann ich Ihnen jetzt helfen? Ich habe von dieser schlimmen Sache ja nur durch einen Anruf erfahren. Wissen Sie, wir haben momentan so viel Arbeit. Wir sind gerade bei einer Neuentwicklung, von der ich mir geschäftlich viel verspreche. Eigentlich halte ich mich seit Wochen nur noch hier in der Firma auf."

„Wir wollten Sie auch nur kennen lernen, Herr Reinfeld. Wir müssen uns ein genaues Bild vom gesamten Umfeld der Ermordeten verschaffen. Wenn Ihnen noch irgendwas Sachdienliches einfällt, melden Sie sich bitte bei uns." Hauptkommissar Gehring griff nach einem kleinen

Notizblock auf Reinfelds Schreibtisch. Er notierte seine Handynummer, riss den Zettel vom Block, reichte ihn Herbert Reinfeld und erhob sich umständlich. Der ganz in der Nähe abgestellte Passat kam ihm wieder in den Sinn.

„Und Sie sind ganz sicher, den Herrn Kölner die letzten Stunden nicht gesehen zu haben?"

„Aber ich war doch den ganzen Tag hier, in der Firma", wich Reinfeld aus. Und hoffte, dass die Beamten nicht auch noch beim Rausgehen seine Sekretärin befragten.

Schon an der Tür stehend drehte sich Gehring noch einmal um. „Ach, Herr Reinfeld, wie kommt es eigentlich, dass Sie als neuestes Vereinsmitglied schon Schlüssel für das Gartengelände haben?"

Reinfeld wirkte verwundert. „Wo haben Sie das denn her? Nun ja, ich kenne einige aus dem Club schon ziemlich lange, das war deshalb kein Problem. Aber eigentlich brauche ich die Schlüssel ja gar nicht. Ich habe sie mir vor ein paar Wochen nur geben lassen, um dort ein altes Stromaggregat zu deponieren, das der Verein mir abkaufen wollte. Ich hatte damals eine Fahrt zu einem Kunden nach Frankfurt, und da lag der Garten fast auf dem Weg."

Gehring tippte sich an die Stirn und nickte Reinfeld verstehend zu. „Danke schön, Herr Reinfeld, und wie gesagt ... Sie haben ja meine Telefonnummer."

Als Gehring und Reichard in ihren Dienstwagen stiegen, atmete Herbert Reinfeld erleichtert auf.

Er informierte noch seine Sekretärin, dass sie den Besucher einfach aus ihrem Gedächtnis streichen solle. So, als hätte sie ihn nie gesehen. Er würde sich jetzt um alles kümmern. Elvira Altenberg konnte ihre Neugier zwar kaum bezähmen, aber sie wagte nicht nachzufragen. Ihr Chef wirkte auf einmal so ernst, wenn nicht gar besorgt. Und sie wollte ihn nicht noch zusätzlich verärgern.

Reinfeld ging durch die Halle, erklomm die schmale Treppe und stieß die Tür zu dem kleinen Büro auf. Er trat in den Raum und sah sich um. Niemand war da. Er ging zur Hintertür, von der aus eine Metalltreppe zur Lieferantenauffahrt führte, öffnete sie und sah nach rechts in Richtung Straße. Kein Karlo zu sehen.

„Verflixt, Karlo. Mach jetzt bloß keinen Mist“, murmelte er nervös vor sich hin. Er hatte das ungute Gefühl, einen großen Fehler begangen zu haben.

Karlo Kölner indessen saß schon wieder in seinem „Leihwagen“ und pfiff leise vor sich hin. Er ahnte nicht, dass nur wenige Minuten später eine Streifenwagenbesatzung in Begleitung eines Abschleppwagens verzweifelt nach einem angeblich vor dem Dietzenbacher Industriegebiet abgestellten Polizeipassat suchte.

Und ihn nicht finden konnte.

–

Nachdem man Hauptkommissar Reichard darüber informiert hatte, dass der Wagen wieder verschwunden war, erlitt er zum zweiten Mal innerhalb kurzer Zeit einen ernsthaften Wutanfall. Dieses Mal blieb Kommissar Reichard allerdings verschont. Gehring war wütend auf sich selbst. Weil er nicht am Wagen auf die Verstärkung gewartet hatte. Oder versäumt hatte, den Wagen einfach nur unter Beobachtung zu stellen. Aber der Passat war – wie

Karlo Kölner auch – mittlerweile in der Fahndung. Es würde bestimmt nicht mehr lange dauern, bis beide gefunden wären. Und Karlo Kölner deshalb auch bald keine Dummheiten mehr machen konnte. Dachte Hauptkommissar Gehring.

Karlo lenkte inzwischen das geliehene Polizeifahrzeug über die Carl-Ulrich-Brücke in Richtung Fechenheim. Kurz hinter der Brücke bog er rechts in die Dieburger Straße ab. Er trommelte mit den Fingern der linken Hand den Rhythmus eines Liedes auf das Lenkrad. Vergeblich versuchte er sich an den Titel zu erinnern. Na, egal, irgendwann, wenn dieser ganze Mist hier ausgestanden wäre, würde er den Titel in der umfangreichen Sammlung von Harry Weber in der Bluesmühle finden. Jetzt aber war erst mal Erwin Steinberger dran.

Kölner parkte den Passat am Anfang der Bregenzer Straße, direkt an der Einmündung in die Fachfeldstraße. Vor den Wohnblocks waren zwischen Straße und Bürgersteig einige Parkplätze eingerichtet, und er hatte Glück, noch einen freien Platz zu ergattern. Er stieg schnell aus und verriegelte die Türen. Es gab ja so viele böse Menschen. Dann lief er ungefähr bis zur Mitte der kurzen, U-förmig gebogenen Straße. Er wühlte in seiner Hosentasche und förderte den verknitterten Umschlag zutage. Ein kurzer Blick auf das Papier sagte ihm, dass er bereits vor der richtigen Hausnummer angekommen war. Er trat auf den Eingang zu und schaute angestrengt auf die kaum noch lesbaren Klingelschildchen. Die meisten waren auf normales Papier geschrieben, mit Filzstift oder Kugelschreiber, und dann ungeschickt in die vergammelten Rähmchen geschoben worden. Das Papier war bei fast allen schon ziemlich vergilbt und die Schrift ausgeblichen. In der zweiten Reihe jedoch, in der obersten Position, fiel ihm ein Schild auf. Es wirkte viel neuer als die anderen. In einer geraden Schrift konnte man lesen, augenscheinlich über einen Computer ausgedruckt: *E. Steinberger.*

Die Eingangstür bestand aus einem zirka fünfzehn Zentimeter breiten Metallrahmen, der mit einer großen geriffelten Drahtglasscheibe gefüllt war. In der unteren linken Ecke wies die Scheibe einige Sprünge auf, als hätte jemand heftig mit dem Fuß dagegen getreten.

Eine undeutliche Bewegung hinter der Tür ließ Karlo schnell aufschauen. Er drehte sich flink um und ging mit schnellen Schritten zurück in Richtung Straße. Auf dem Bürgersteig angekommen bückte er sich und nestelte am Schnürsenkel seines rechten Schuhs. Eine ältere Dame trat hervor, blieb auf dem kleinen Absatz vor dem Eingang stehen und schaute prüfend nach der Wetterlage. Sie hatte die Tür zuvor weit geöffnet und sie mit einem dafür vorgesehenen Haken an der Wand arretiert. Nach einem Augenblick drehte sie sich wieder um und stieg die Treppe nach unten in den Keller. Es verging eine knappe Minute. Dann kehrte die Frau mit einem braunmetallic lackierten Damenfahrrad wieder nach oben zurück und stellte es vor dem Türabsatz auf dem Seitenständer ab. Nachdem sie den Türhaken wieder von der Wand gelöst hatte, verließ sie das Haus endgültig und bestieg das Fahrrad.

Karlo vergewisserte sich, dass die Frau nicht mehr zurückblickte und hastete auf die Eingangstür zu. Kurz bevor diese ins Schloss fallen konnte, stieß Karlo mit der Schulter dagegen und schob sie wieder auf. Er trat ins Halbunkel des

Treppenhauses und wartete ungeduldig, bis die Tür sich geschlossen hatte.

Einen Moment verharrte er atemlos und lauschte angestrengt ins Haus. Irgendwo, in einem der oberen Stockwerke, schimpfte eine Frau mit ihrem Kind. Dann war es wieder still. Karlo wandte sich zur Treppe und stieg so leise wie möglich nach oben. Ein Blick auf die Namensschilder im ersten Stock: kein Erwin Steinberger. Die Wohnungen lagen sich gegenüber, wie es in Wohnblocks dieser Art allgemein üblich war.

Im zweiten Stock konnte er Erwins Namen ebenfalls nicht entdecken. Als er weiter nach oben gehen wollte, zuckte er zusammen. Anscheinend war das zuvor gescholtene Kind immer noch nicht einer Meinung mit seiner Mutter. Es fing wieder laut an zu weinen und schleuderte seiner Erziehungsberechtigten, leider nur undeutlich zu verstehen, irgendwelche Unartigkeiten an den Kopf. Karlo hätte gern gewusst, um was es hier ging. Ein zweimaliges heftiges Patschen ließ das Gejammer jäh verstummen. Ein kurzer und scharfer Kommentar der Mutter noch, dann herrschte wieder völlige Stille im Haus. Karlo fühlte sich an seine Kindheit erinnert. Nur zu gut kannte er dieses Patschen, und beinahe konnte er den dazugehörigen Schmerz noch fühlen. Eine leichte Gänsehaut lief über seinen Rücken. Nur nie wieder Kind sein, dachte er bei sich. Er erinnerte sich noch genau an damals. Seine Mutter war überfordert mit dem Leben im allgemeinen und ihm, Karlo, im Besonderen. Aber das war eine andere Geschichte. Karlo schüttelte sich schaudernd und erklomm die Stiegen zum dritten Stock, der direkt unter dem Dach lag. Hier oben gab es nur eine Wohnung, auf der linken Seite. An der Tür war kein Namensschild vorhanden. Karlo Kölner war sich jedoch sicher, die Eingangstür zu Erwins neuer Wohnung gefunden zu haben.

Der schrille Ton der Türklingel zerschnitt die Stille, solange Karlo den Finger auf den Klingelknopf gedrückt hielt. Er wartete einen Augenblick. Dann trat er ganz nah an die Tür heran. Das Ohr an die Tür gepresst lauschte Karlo ins Innere der Wohnung. Keine Reaktion. Kein Geräusch drang in Karlos Bewusstsein. Es schien niemand in der Wohnung zu sein. Karlo zögerte nur kurz, dann griff er in die linke Innentasche seiner Lederjacke.

Wenn er ganz ehrlich zu sich selbst war, so musste er zugeben, dass er genau darauf gehofft hatte. Nämlich dass niemand daheim wäre. Der kleine Lederbeutel, den Karlo nun liebevoll betrachtete, schaukelte leicht in seiner Hand, dann entschied er sich und entnahm ihm einige Werkzeuge. Genau drei Minuten später ließ sich die Tür öffnen und Karlo schlüpfte in die Wohnung von Erwin Steinberger.

Für einen kurzen Moment machte sich ein schlechtes Gewissen in dem Einbrecher breit. Dann aber sagte er sich, dass es unumgänglich sei, und dass er diesen Fall zumindest so weit klären müsse, dass ihn die Polizei in Ruhe lassen würde. Den unüberlegten Angriff auf Kommissar Reichard und das nach dieser Aktion geklaute Dienstfahrzeug verdrängte er bei seinen Entschuldigungsversuchen geflissentlich. Jetzt ging es erst einmal um Wichtigeres, dachte Karlo Kölner.

Doch nach was suchte er eigentlich? Er stand im Flur und blickte um sich. Eine gewisse Unsicherheit erfasste ihn. Alles hier wirkte noch leer und unfertig. Ob das an der finanziellen Situation oder der allgemeinen seelischen Verfassung Erwin Steinbergers lag, vermochte Karlo nicht zu sagen. An der Flurwand aufgereiht standen etliche Pappkartons. Er klappte den ersten auf. Mehrere Paar Schuhe waren darin aufeinandergetürmt, ganz obendrauf lagen einige verbogene Kleiderbügel aus Draht. Wahrscheinlich steckte die ganze persönliche Habe Erwins noch in diesen Kisten. Er konnte sie nicht durchwühlen, ohne dass es Erwin auffallen würde. Obwohl – an dem geknackten Türschloss würde er erkennen, dass jemand in die Wohnung eingedrungen war. Er klappte den Karton wieder zu und schaute auf. Er registrierte vier Türen. Betrat man den Flur vom Treppenhaus her, befand sich direkt links neben dem Eingang das Bad mit Toilette.

Die nächste Tür führte zur Küche, geradeaus gelangte man ins Wohnzimmer. Die Tür an der gegenüberliegenden Flurwand verbarg ein weiteres kleines Zimmer. Dieses Zimmer betrat er nun zuerst. Der Boden war, wie auch im Flur, nachlässig mit billigem Laminat ausgelegt. Das Zimmer war leer bis auf eine auf dem Boden liegende Matratze und einen Schlafsack, der darauf ausgebreitet lag. Wenn man von etlichen Bierflaschen und einem überquellenden Aschenbecher neben dem Kopfende absah. Dieses Kopfende erkannte man an einer alten Steppjacke, die hier offenbar schon für eine gewisse Zeit als Kissen diente. Keine Möbel, nichts. Karlo drehte sich um und ging ins Wohnzimmer.

Die Tür stand offen und er ließ den Blick durchs Zimmer wandern. Ein alter brauner Ledersessel stand an der gegenüberliegenden Wand, umgeben von zwei gleich großen Umzugskartons in zwei Metern Abstand. Auf den Kartons lag eine starke Glasplatte mit eingeätztem und teilweise eingefärbtem Blumenmuster. Vermutlich war sie von einem ausgedienten Couchtisch abgenommen worden und diente jetzt hier ihrem Besitzer als provisorischer Wohnzimmertisch.

Auf eben diesem Provisorium thronte ein riesiger Plasmafernseher, ein brandneues Teil, und sah sündhaft teuer aus. Das passte überhaupt nicht zu dem Rest, den er hier sehen konnte. Karlo bemerkte in der Ecke links vom Ledersessel eine ältere, aber gleichfalls nicht billige Stereoanlage, komplett mit Boxen, Receiver und DVD-Player, allerdings gleichgültig in die Ecke gestellt, etwas verstaubt und nicht angeschlossen. Auf der anderen Seite, unter dem Fenster, direkt neben dem laienhaft nachlackierten Heizkörper, standen weitere Pappkartons. Ansonsten war auch dieses Zimmer unmöbliert. Keine Schränke, kein Sofa – nichts.

In der Küche befanden sich einige abgewohnte Einbauschränke mit glatter Kunststoffoberfläche in einem seltsam schmutzigen Beigeton vom Möbeldiscounter, darin integriert ein Kühlschrank, eine Edelstahlspüle und ein Elektroherd. Über dem Herd hing eine Dunstabzugshaube, nicht angeschlossen, wie Karlo sofort erkennen konnte.

Neben dem Herd auf der Ablage lag eine schmale braune Aktentasche. Karlo öffnete sie und fand etliche Bankunterlagen darin, eine Police für eine Kapital-Lebensversicherung und eine Brieftasche. Darin Erwins Personalausweis, Führerschein und verschiedene Visitenkarten. Die Namen, die darauf abgedruckt waren, sagten ihm nichts.

Die Küche gab wie auch Wohn- und Schlafzimmer erst einmal keine weiteren Erkenntnisse her. Er schüttelte den Kopf. Was hatte er auch erwartet? Ärgerlich wendete er sich dem Bad zu. Weiße Fliesen, weißes Waschbecken mit weißem Unterschränkchen, weiße Badewanne mit einem rosa und hellblau geblümtem Duschvorhang. Keine Fenster im Raum. Über dem Wasserkasten der Toilette befand sich ein Abzugskanal mit einem Gitter davor.

Karlo fasste an den Deckel des Wasserkastens und hob ihn vorsichtig an. Er beugte sich vor und schaute hinein. Nichts. Karlo setzte den Deckel wieder drauf. Das wäre ja auch zu einfach gewesen! Einen kleinen Moment stand er still und dachte intensiv nach. Dann grinste er breit und ging in die Küche zurück. Er platzierte sich vor dem Herd, ging leicht in die Knie und begutachtete die Konstruktion der Dunstabzugshaube. Mit zwei Klicks löste er den Filterrahmen und klappte ihn nach unten. Dann zog er den fetttriefenden Filter heraus und legte ihn in die Spüle. Mit beiden Händen stützte er sich am Herd ab und schaute noch oben ins Innere der Dunstabzugshaube. Ein heller Plastikgegenstand klemmte in der Mitte der Vertiefung des Abzugs. Karlo griff zu und hatte eine kleine weiße Plastikdose in der Hand. Es war eine Art Brotdose, wie man sie verwendete, um Kindern ein Frühstücksbrot mit in die Schule zu geben. Nachdem Karlo sie kurz auf dem Herd abgelegt hatte, wischte er sich die fettigen Hände an der Hose ab. Danach griff er sich die Dose wieder. Er zog mit etwas Kraftaufwand den Deckel ab.

Ein mittlerer Adrenalinschub durchströmte ihn. Er pfiff leise durch die Zähne. Welch ein Anblick! Ein Fünfhundert-Euro-Schein schaute ihm verführerisch in die Augen. Allerdings hatte nicht das seine Erregung ausgelöst.

Sondern die Tatsache, dass sich unterhalb dieses Scheins noch viele weitere solcher Scheine befanden. Genauer gesagt neunundneunzig, wie er nach fieberhaftem Zählen wusste.

Als er sich wieder gefasst hatte, schmunzelte er vergnügt. „Na ja, wenigstens war er nicht so blöde und hat die Zuckerdose als Versteck genutzt ... obwohl – da habe ich noch gar nicht nachgeschaut."

Karlo zögerte. Er zögerte lange, quälende Sekunden. Nein, das konnte er nicht machen. Das war nicht sein Geld, und Erwin war zumindest ein guter Bekannter. Und was er hier gerade tat, war bestimmt kein Freundschaftsdienst. Es konnte ja gut sein, dass Erwin mit der ganzen schlimmen Sache gar nichts zu tun hatte. So sehr es ihn auch juckte, sich einen schnellen Reichtum zu verschaffen, er legte die Scheine zurück in die Dose, drückte vorsichtig den Deckel darauf und klemmte das Behältnis wieder in den Abzug. Als er den Filterrahmen wieder installiert hatte, glühten seine Wangen. Wo hatte der Kerl den ganzen Zaster her? Verdammt noch mal, das war doch nicht normal. So ein Haufen Geld! Hatte das nicht doch mit dem Tod von Rosi zu tun? Er konnte eigentlich nicht glauben, dass es da gar keinen Zusammenhang geben sollte. Hektisch schaute er sich um. Warum nicht noch mal das Bad? Er lief hastig zurück und betrat den kleinen Raum. Sein Blick wanderte vom Spülkasten zu dem kleinen Schränkchen unter dem Waschbecken. Er öffnete es kurz. Ein schmutziger Putzlappen, noch feucht, eine kleine Edelstahlschüssel, schmutzig verkrustet und eine Plastikflasche mit Allzweckreiniger. Sonst nichts. Er stand auf, drehte sich langsam und schaute sich weiter um. Nach einer Weile bemerkte er das kleine Gitter, das den Abzugsschacht bedeckte. Doch nicht das Gitter war das eigentlich Interessante. Oberhalb des Gitters war ein Stückchen Putz von der Wand abgesprungen. Diese Stelle wirkte viel heller als der Anstrich der übrigen Wand.

Erwartungsvoll stieg er auf die Toilettenschüssel und fasste abermals in seine Jackentasche, um sein Werkzeug hervorzuziehen. Er griff sich einen kleinen zusammensteckbaren Schraubenzieher und löste damit das Gitter. Da der Abzug zu hoch war, um hineinzuschauen, fasste er vorsichtig hinein. Er konnte sein Jagdglück kaum fassen. Es knisterte unter seinen Händen. Karlo griff zu und zog eine kleine längliche Pappschachtel hervor, die mit einer durchsichtigen Plastiktüte umhüllt war. Mit seinem Fund in der Hand stieg er vorsichtig auf den Boden zurück und setzte sich auf die geschlossene Toilettenschüssel. Voller Spannung nahm er die Schachtel aus ihrer Umhüllung und hob den Deckel ab.

Als sein Blick den Inhalt traf, bekam er einen mächtigen Schreck. Er hatte das Gefühl, alle Körperhaare würden ihm zu Berge stehen, und er fühlte das frostige Prickeln einer Gänsehaut.

Karlo starrte eine Minute lang wie gelähmt in die Schachtel. Dann versuchte er seinen Verstand einzuschalten. Er schob den Deckel auf die Schachtel zurück, hüllte alles wieder in die Plastiktüte ein und steckte das ganze Paket in seine rechte äußere Jackentasche. Dann stieg er wieder auf die Toilettenschüssel und befestigte mit fliegenden Fingern das Gitter vor dem Abzugsloch.

Als er gerade aus dem Bad trat, hörte er schwere Schritte im Treppenhaus.

„Oh, verdammt“, fluchte er vor sich hin und blickte gehetzt um sich. Das beschädigte Schloss an der Eingangstür fiel ihm ein. Jeder, der hier reinwollte, würde das sofort bemerken. Ganz zu schweigen vom Wohnungsinhaber selbst.

Er schaffte es gerade noch im Schlafzimmer zu verschwinden und die Tür hinter sich zuzuziehen, als die Tür zum Flur aufgestoßen wurde.

„Scheiße, was ist denn hier los!“, hörte er Erwins aufgeregte Stimme. Er vernahm schnelle Schritte Richtung Wohnzimmer, die dann genauso schnell wieder zurückkamen. Als die Türklinke zum Schlafzimmer heruntergedrückt wurde, klang dieses Geräusch für ihn wie ein Pistolenschuss. Er starrte auf die Klinke, als wäre es eine giftige Spinne. Die Tür ging jedoch nur einen kleinen Spalt auf, dann hatte es sich Erwin anders überlegt und stürmte auf die Küche zu.

„Verfluchte Scheiße, verfluchte Scheiße, nein, meine Kohle“, hörte Karlo ihn verzweifelt rufen.

Die Tür zur Küche wurde aufgerissen und mit einem Knall wieder zugeschlagen. Karlo atmete auf und konnte hören, wie Erwin an der Abzugshaube hantierte.

Das war seine Chance. Er öffnete die Schlafzimmertür ganz und schlüpfte behutsam aus dem Zimmer. Auf leisen Sohlen gelangte er zum Eingang, drückte sich geschmeidig in den Flur hinaus und lehnte die Tür vorsichtig an. Dann ging er, so geräuschlos wie es ihm möglich war, die Stiegen hinab. Unten angekommen riss er die Tür auf und rannte schnell in Richtung Starkenburger Straße, um zur dortigen Telefonzelle zu gelangen. Der Akku seines Handys war mittlerweile leer. Und jetzt wollte er dringend mit Herbert Reinfeld reden. Doch halt! Das Auto. Erst musste er das Auto für die Polizei unsichtbar machen. Karlo brauchte dringend einen fahrbaren Untersatz. Und so gedachte er sich ein paar andere Nummernschilder zu verschaffen, um für seine Ermittlungen einigermaßen unerkannt die Bequemlichkeiten eines Automobils in Anspruch nehmen zu können.

Er drehte also um und bog in die Fachfeldstraße ein. Eigentlich hatte er trotz der Aufregung schon wieder gewaltigen Hunger, und er musste sich zwingen, nicht kurz bei Toni reinzuschauen, um eine Pizza Fantasia zu bestellen. Toni machte die beste Pizza weit und breit, und nicht nur Karlo dachte so. Aber jetzt war dafür beim besten Willen keine Zeit, daher lief er weiter und gelangte über die Fachfeldstraße auf Höhe des Altenheims in die Bregenzer Straße und somit auch zu seinem dort geparkten Polizeiwagen. Er entriegelte das Schloss, glitt in den Wagen und schloss die Tür. Nachdem er den Motor gestartet hatte, legte er den Rückwärtsgang ein und begann schwungvoll nach hinten auszuparken. Erst als er schon fast komplett auf der Straße war, sah er den Streifenwagen hinter sich. Er hörte noch ein kurzes Quietschen, ein heftiges Krachen und splitterndes Glas. Dann war es ruhig. Aber nur kurz. Ganz kurz. Kommissar Dietmar Hund sprang mit hochrotem Kopf aus dem blauweißen Wagen. „Was ist denn das für ein Idiot? Kommt da einfach wie besoffen aus der Parklücke rausgeschossen!“

„Der Kölner“, hörte Hund eine aufgeregte Stimme von rechts. Auch sein Kollege Haffmann stand schon neben dem Wagen.

„Da hockt der Kölner drin, Dietmar! Jetzt haben wir ihn! Jetzt ist er dran. Und das ist doch auch der Dienstwagen vom Hauptkommissar, oder? Mann, jetzt haben wir ihn!“

Karlo hatte den ersten Schock schnell überwunden. Allerdings hatte er diesmal schnell erkannt, dass seine Chancen, hier noch einmal ungeschoren davonzukommen, gegen Null tendierten. Er drehte ungläubig den Kopf nach rechts und schaute durchs Seitenfenster. Konnte er eine Art Schadenfreude in diesen Augen feststellen? Nein, dieses feiste Feixen Manfred Haffmanns bedeutete keineswegs Schadenfreude. Das hier war schon ein ausgewachsener Triumph. Ausgerechnet diese zwei. Das durfte doch nicht wahr sein. Dietmar Hund hatte seine Dienstwaffe gezogen und stand zwei Schritte von der Fahrertür entfernt, als er Karlo bedeutete, langsam und mit erhobenen Händen auszusteigen.

Karlo konnte diesem frommen Wunsch nicht widerstehen und erfüllte ihn ungern, aber vorbehaltlos. Als er die Handfesseln um seine Gelenke spürte, fiel ihm die Plastiktüte mit der Schachtel in seiner Lederjacke ein. Das Blut schoss ihm in den Kopf und er machte den verzweifelten Versuch einer Erklärung.

„Okay, Jungs, jetzt habt ihr mich. Alles klar. Und ich mache euch auch keine Scherereien. Aber dafür müsst ihr mir erst noch mal kurz zuhören. Ihr könnt gleich noch jemand mit einsacken. Sozusagen den Doppelpack machen. Alles Paletti? Also, ich war eben gerade bei ..."

„Halt die Klappe, Kölner!" Kommissar Hund gab sich kurz angebunden und unterbrach barsch Kölners Rede. „Wir müssen gar nix. Überhaupt gar nix. Du gehst jetzt erst mal in den Kahn. Wenn du was erzählen willst, dann sag das deinem Anwalt oder dem Richter. Hier ist jetzt Schicht für dich."

„Aber wenn ihr jetzt nicht reagiert, ist die Kohle fort und der Steinberger ..." „Du sollst die Klappe halten. Aus dem Ding kommst du so nicht raus, Kölner, so nicht!"

Haffmann tastete Karlos Lederjacke von außen ab. Als

Erstes hielt er den kleinen Lederbeutel mit den Einbruchswerkzeugen in der Hand. „Ah, sieh mal an! Der Mitternachtsschlosser, was?“ Mit leuchtenden Augen zeigte er seinem Kollegen den Inhalt des kleinen Beutels.

Dann griff er in Karlos andere Jackentasche und holte das eingewickelte Paket hervor. Er zerrte die Plastiktüte herunter und schaute kurz auf die Schachtel. Dann hob er den Deckel ab, warf einen Blick in den Behälter und bekam große Augen. „Boah, Kölner. Jetzt bist du dran! Diesmal bist du richtig dran! Jetzt haben wir dich am Arsch!“

Jetzt bedauerte Karlo noch mehr, nicht bei Toni und seiner guten Pizza Halt gemacht zu haben. Vielleicht wäre ihm diese Aktion hier erspart geblieben. Wie mans macht ...

Ein paar Häuserblocks weiter, oben in der Wohnung im dritten Stock, fischte Erwin die kleine Brotbüchse aus der Dunstabzugshaube. Sein Herz raste wie wild, als er mit zitternden Fingern den Deckel von der Büchse riss. Er ging in die Knie und ließ sich auf den Boden gleiten, setzte sich aufrecht und lehnte sich an den Herd. Dann griff er in die Dose und holte die Scheine heraus. Eine gewaltige Welle der Erleichterung spülte durch seinen Körper. Sein Herz klopfte nun allmählich etwas langsamer, als er die Scheine durchgezählt hatte und ihm bewußt wurde, dass nichts fehlte. Erleichtert ließ er das Bündel Banknoten auf den Boden fallen. Puh!

Auf die Idee, auch noch hinter dem Entlüftungsgitter im Bad nachzusehen, kam er nicht. Warum sollte er? Das Geld war da! Alles hatte bislang genial geklappt. Er hatte zuerst nicht damit gerechnet, dass die Kohle so problemlos rüberwachsen würde. Und vermutlich war dort, wo sie herkam, noch mehr zu holen. Erwin Steinberger war zwar relativ besorgt wegen des Einbruchs, aber schließlich fühlte er sich stark. Es würde alles gut werden.

Erwin kniete noch auf dem Boden vor dem Herd, als er hinter sich ein Geräusch hörte. Er ließ vor Schreck die Brotdose mit dem Geld fallen und drehte sich blitzartig herum. Im Türrahmen sah er die Umrisse einer Gestalt. Er starrte sie einen Moment an, dann verstärkte sich sein Schreck.

„Wie zum Teufel ... was, du?“

„Wen hast du denn erwartet? Den Weihnachtsmann?!“ Die Gestalt trat einen Schritt aus dem Türrahmen heraus. „Hast du sie umgebracht? Du hast sie umgebracht, du Mistkerl. Du hast es also rausgekriegt! Mein Himmel, deshalb bringt man doch niemanden um. Man kann doch über alles reden. Du und deine verfluchte Eifersucht. Rosi hat schon immer gesagt, dass ...“

„Du verdammtes Arschloch, gar nichts hab ich gemacht. Ich hab nichts damit zu tun. Lass mich in Ruhe damit und verschwinde. Ich hab auch ohne dich schon genug Scheiße am Hals!“ Erregt fuhr er fort: „Wer weiß, vielleicht warst du es? Ja, genau, so wird es sein. Du warst das und willst jetzt alles auf einen anderen abwälzen! Aber da hast du dich geschnitten. Das lass ich mir nicht bieten.“

Erwin stand auf, schnappte sich eine der leeren Bierflaschen, die auf der Küchenablage standen, und ging drohend auf den Mann in der Küchentür zu. Dieser machte einen schnellen Schritt zur Seite und blockte die Hand mit der Flasche ab, gerade als Erwin zuschlagen wollte. Mit voller Kraft versetzte er dem Angreifer mit dem Handballen einen Hieb gegen die Stirn. Erwin ließ die Flasche fallen. Als sie auf dem Boden zersplitterte, krachte Erwin mit dem Rücken gegen einen Einbauschrank.

Dort verharrte er einen Augenblick und schüttelte unwillig den Kopf. Er stieß sich mit beiden Händen von dem Küchenmöbel ab und bewegte sich ungestüm auf seinen Gegner zu. Er holte mit der rechten Hand weit aus, doch bevor er auf ihn einschlagen konnte, spürte er einen eisernen Griff am Hals. Die Luft blieb ihm weg. Er registrierte noch, wie er einen kräftigen Stoß bekam, nach hinten geschleudert wurde und mit dem Kopf auf die Kante der Küchenablage schlug. Erwin rutschte an der Kunststofffront des Schrankes entlang nach unten und kam auf seiner linken Seite zum Liegen. Dann spürte er nichts mehr.

Der Eindringling sah erschrocken auf den leblosen Körper hinab. Er ging zu ihm hin und berührte ihn mit der Hand leicht an der Schulter. „Eh, Scheiße, Erwin, das hab ich doch nicht ..."

Aber Erwin Steinberger rührte sich nicht mehr.

Geschockt wollte der Überlegene dieses Kampfes die Küche verlassen, als sein Blick auf die am Boden liegenden Scheine fiel. Verdammt noch mal, was war das denn für Geld? Und dann auch noch so viel! Er bückte sich, sammelte die Scheine auf und stopfte sie sich hastig in seine Manteltasche. Zwei oder drei Scheine fielen ihm wieder aus der Hand, doch er wollte nur noch hier raus. Eilig verließ er die Wohnung.

14

Wolfhard Kuhl steuerte seine vollbeladene BMW auf den asphaltierten Feldweg in Richtung Garten. Er hatte Hauptkommissar Gehring noch wie gewünscht die aktuelle Mitgliederliste zugeschickt und in einem anschließenden Telefonat erfahren, dass das Gartengrundstück wieder zur allgemeinen Benutzung freigegeben worden war. Die rotweißen Absperrungsbänder aus Plastik waren verschwunden, und die Polizeiwachen waren endlich auch abgezogen worden.

Kuhl wollte vor seinem Urlaub noch nach der Zeitschaltuhr für die Eingangsklappe am Hühnerstall sehen. Das hatte zwar nichts mit dem Grundstück zu tun, auf dem das Clubheim stand, aber insgeheim war Kuhl neugierig und wollte noch einmal einen Blick auf alles werfen. Also lenkte seine Frau Kristin ihren kleinen Yamaha-Chopper ziemlich mürrisch hinter ihm her in Richtung Garten. Sie fragte sich verständnislos, warum das ausgerechnet jetzt, auf den letzten Drücker vor der gemeinsamen und so lange entbehrten Urlaubsfahrt, sein musste.

Sie seufzte etwas hilflos unter ihrem Integralhelm. Es war halt wie immer! Wenn sich ihr Dickerchen etwas in den Kopf gesetzt hatte, war einfach nichts zu machen. Vergeblich hatte sie ihn von dem Vorhaben abzubringen versucht. Schließlich hatte sie resigniert zugestimmt, des lieben Friedens willen, sicherheitshalber noch einmal nach dem Rechten zu sehen. Immerhin, so musste sie zugeben, hatte sich vor ein paar Wochen ein Fuchs an dem für ihn verlockenden Hühnerangebot bedient. Meister Reinecke hatte bei diesem privaten Schlachtfest den Bestand des Federviehs um ganze fünf der erschrocken gackernden Vögel dezimiert.

Gelangweilt und ungeduldig gleichermaßen lehnte sie nun am Eingangstor des Clubgartens, den Helm noch auf dem Kopf, während Kuhl in voller Montur zu seinem zwei Gärten entfernt liegenden Hühnerstall stapfte.

Nach ein paar Minuten fummelte sie das Helmschloss auf und entledigte sich ihres Helms. Sie legte den silberfarbigen Kopfschutz sorgfältig auf der Sitzbank ihrer Maschine ab und schaute in den Garten. Ihr Blick wanderte gleichgültig von den Tomatenpflanzen an der Grenze zum Nachbargarten nach links, zu dem großen alten Kirschbaum, der dieses Jahr zum Leidwesen aller fast nur wurmige Früchte getragen hatte, und blieb schließlich an einem länglichen Gegenstand direkt vor der Eingangstür des Clubheims hängen.

Sie zuckte zusammen, als sie erkannte, um was es sich bei dem Gegenstand handelte.

An der Tür lehnte eine Sense, eine Sense mit hölzernem Stiel. Mit dem Schneideblatt nach oben war sie quer in den Türrahmen geklemmt worden.

Kuhl war mittlerweile von seinem Geflügel zurückgekehrt und machte ein zufriedenenes Gesicht.

„Alles klar“, drang Kuhls geschäftige Stimme ins Bewusstsein seiner Frau Kristin. „Aber es war doch gut, dass ich noch einmal nachgesehen habe. Es wird ja jetzt schon eher dunkel, und ich habe die Zeitschaltung einfach etwas früher eingestellt."

Er rieb sich zufrieden die Hände und schaute seine Frau überlegen an. „Besser ist besser, nicht wahr, Schatz?"

„Guck mal, da, an der Tür, die Polizei hat ja die Sense zurückgebracht", gab Kristin Kuhl zurück. Der vorwurfsvolle Unterton in der Stimme seiner Frau zauberte ihm eine leichte Gänsehaut auf seinen Rücken.

Ihre Stimme wurde hell und laut. „Ich finde das ja unmöglich, wo doch ein Mensch damit umgebracht wurde. Was denken die sich bloß dabei? Haben die überhaupt das Blut abgewaschen?"

Entrüstet sah sie ihrem Mann ins Gesicht.

Kuhl schaute erstaunt aus der Wäsche. An was die Weiber so alles denken – das war ja enorm. Er ging aufs Eingangstor zu und zückte verwegen den Schlüssel. Als sein Blick das an der Tür lehnende Gartengerät erfasst hatte, schüttelte er ziemlich ungläubig den Kopf.

„Das da ist nicht meine Sense!", ließ Kuhl verärgert vernehmen. Er blieb stehen und sah sich um.

Kristin lugte ihm auf den Zehenspitzen stehend über die linke Schulter.

„Da hängt ja ein Umschlag dran", rief sie neugierig aus, flitzte an ihrem Mann vorbei und streckte entschlossen die Hand aus.

Kuhl machte einen gewaltigen Sprung nach vorne, den man ihm angesichts seiner überaus ansehnlichen Leibesfülle keineswegs zugetraut hätte. Allerdings verzog sich sein Gesicht schmerzhaft, als er den Stich im Knie verspürte. Denn der auf den Sprung folgende Bodenkontakt fiel um ein vielfaches unsanfter aus, als er es aus seiner Zeit als

Hobbykicker auf dem Fechenheimer Bolzplatz kannte. Die Zeit vergeht!

Er kam jedoch dadurch seiner Frau um das entscheidende Stück näher, so dass er sie rechtzeitig zurückziehen und festhalten konnte.

Fest presste er sie an sich.

„Nicht anfassen!“, keuchte er. „Das war mit Sicherheit niemand von der Polizei. Das ist eine ganz neue Sense. Die wurde noch niemals benutzt. Außerdem – das ist doch nichts Gescheites. Das ist irgend so ein Mist, so ein Geraffel aus dem Baumarkt ...“

Wolfhard Kuhl ging vorsichtig auf den Eingang der Hütte zu. Vor den zwei Stufen zur Tür blieb er stehen. Er beugte sich ächzend nach vorne, fasste sich mit der linken Hand an den Rücken und begann angestrengt mit gerunzelter Stirn die drei mit Filzstift geschriebenen Worte auf dem verknitterten braunen C5-Umschlag zu studieren.

AN DIE KRAWALLBRÜDER stand da in ungelenken Großbuchstaben zu lesen. Die Schrift war seltsam krakelig und unregelmäßig, so als hätte ein kleines Kind seine ersten Schreibversuche unternommen.

Oder aber ein Erwachsener. Ein Erwachsener mit der linken Hand, um seine Handschrift nicht erkennbar werden zu lassen. Wenn man denn einen Rechtshänder hinter dem Verfasser vermuten wollte.

Die Neugier hätte ihn beinahe übermannt. Aber dann siegte die antrainierte Vernunft und er öffnete seine alte Motorradjacke. Schweren Herzens langte er in die rechte Innentasche. In düsterer Ahnung zog er sein Mobiltelefon hervor und schaltete es ein.

„Ich habs gewusst. Ich habs ja gleich gewusst!“

Kristin Kuhl machte ihrem Ärger vehement Luft. Sie patschte sich wütend mit beiden Händen auf die Oberschenkel. „Aber nein, nein, der Herr muss ja immer seinen Kopf durchsetzen. Immer muss alles nach seinem Willen geschehen. Und jetzt haben wir den Salat. Jetzt fällt vielleicht wieder alles ins Wasser, ich ..."

„Wer hat denn das Ding da stehen sehen? Das warst doch du, das war doch nicht ich! Immer soll ich an allem schuld sein! Oder glaubst du, ich habe mir das hier einfallen lassen?"

Kuhl schrie zornig zurück und bekam seinen berühmten roten Kopf, den er bei jedem Erregungszustand zur Schau trug, ob es wie jetzt ein schlimmer Ärger oder einfach nur einer seiner beliebten Lachanfälle war. Doch nach letzterem war ihm momentan nicht zumute.

–

Krachend zerdrückte das italienische Mahlwerk die frisch gerösteten Kaffeebohnen. Hauptkommissar Gehring schnupperte zufrieden den würzigen Duft des gemahlenen Kaffees. Gerade hatte er eine neue Packung geöffnet, seine teure Kaffeemühle befüllt und freute sich auf eine wunderbare Tasse Kaffee. Er ließ die Handkurbel gleichmäßig rotieren und war mit sich und der Welt zufrieden, als sich sein Telefon meldete.

„Reichard, bitte – würden Sie mal für mich abnehmen? Ich spendiere Ihnen auch eine schöne Tasse Kaffee."

Gehring wusste wohl, dass es Kommissar Reichard ziemlich egal war, was er morgens in sich hineinschüttete. Hauptsache war, dass das Getränk viel Milch und vor allen

Dingen viel Zucker enthielt. Selbst das teerartig schmeckende Gebräu des Kaffeeautomaten auf dem Flur wurde von ihm gleichgültig hinuntergespült.

Reichard blickte wieder einmal verächtlich auf den in seinen Augen völlig überflüssigen Bohnenzerkleinerer. Wozu gab es schließlich schon gemahlenen Kaffee – oder noch besser: Instantkaffee zum schnell Überbrühen. „Ach, egal", dachte er, „lass den Alten doch machen", und griff nach dem Hörer.

Nachdem er abgehoben und sich gemeldet hatte, hörte er eine Weile interessiert zu. Dann schien er den Redefluss seines Gesprächspartners zu unterbrechen.

„Danke, danke, Herr Kuhl. Und bitte warten Sie auf jeden Fall auf uns. Wir sind gleich bei Ihnen. Was? Ja, wir fahren sofort los. Bitte? Ja, so in zwanzig Minuten denke ich ... ja, bis gleich."

Kommissar Reichard schaute seinen Chef mit funkelnden Augen an.

„Vergessen Sie den Kaffee. Wir müssen los. Da scheint sich wieder was getan zu haben. Vielleicht war es ganz gut, das Gelände so früh freizugeben. Der Herr Kuhl hat was im Garten gefunden. Und jetzt raten Sie mal, was das war. Da kommen Sie nie drauf."

Nicht mehr ganz so zufrieden stierte Gehring in die Filtertüte mit dem verlockend duftenden Kaffeepulver. Er nahm sie mit einer heftigen Bewegung aus der Halterung seiner Kaffeemaschine, knüllte sie zusammen, dass es staubte, und warf sie in den Papierkorb neben sich.

„Dann sagen Sie es mir eben", wandte er sich böse an Reichard, „ich nehme hiermit den Publikumsjoker ..."

Zwei Minuten später verließen die beiden Polizisten

eilig ihr Büro. Vier Minuten später saßen sie im Auto und rasten Richtung Oberrad.

Allerdings nicht im gewohnten Passat. Denn dieser Wagen war immer noch in geheimer Mission unterwegs.

–

Gehring zog sich Handschuhe über und klappte den Umschlag, der nur an seinem oberen Rand mit Klebeband am Sensenstiel befestigt war, nach oben. Die Klappe war zugeklebt.

Er zog ein kleines Taschenmesser hervor, öffnete den Umschlag vorsichtig und förderte ein einmal gefaltetes intensiv rosafarbiges Blatt Papier zutage. Es war ein etwas festeres Papier, wie man es auch zum Basteln verwendet, und es wies eine lederartig geprägte Struktur auf.

„Was steht denn da drauf?"

Kristin erschrak selbst über ihren Mut. Oder sollte sie es eher übermächtige Neugier nennen? Na egal. Auf jeden Fall, so dachte sie, habe sie das Recht zu erfahren, was hier los war. Wenn sie schon hier festsaßen. Eigentlich wollten sie schon lange auf der Autobahn sein ...

Aber auch ihr Mann hatte sich dem Hauptkommissar genähert und schaute ihm, wie auch Kommissar Reichard, wissbegierig über die Schulter.

„Na, da wollen wir doch mal sehen."

Der Hauptkommissar faltete das Blatt vorsichtig auseinander und hielt es in Augenhöhe.

Es war nur eine kurze Botschaft, die der Unbekannte den Findern des Umschlages vermitteln wollte. Die Schrift war die gleiche wie auf dem Umschlag.

EIN GUTGEMEINTER RAT: VERSCHWINDET VON HIER ODER ES PASSIERT NOCH MEHR!

„Was soll das bedeuten?"

Kuhls Blick zum Hauptkommissar wirkte ratlos. Der ließ das Blatt in einer großen Klarsichttüte verschwinden und schaute Wolfhard Kuhl scharf an.

„Eigentlich hatte ich gehofft, dass Sie mir weiterhelfen könnten. Wer kann das geschrieben haben, Herr Kuhl?"

Kuhl verdrehte die Augen und wollte gerade anheben zu sprechen, als ihm seine Frau zuvorkam.

„Das ist doch eine glasklare Drohung", vermeldete sie, „und das mit dieser Sense ist doch geschmacklos. Da will uns einer von hier vertreiben! Und hat deshalb eine Frau umgebracht? Ich verstehe das alles nicht!"

Kuhl saß mittlerweile auf der oberen Stufe zur Eingangstür.

„Wer soll das denn sein? Wir kommen doch bestens mit unseren Nachbarn aus. Schon immer. Wir reden miteinander und ab und zu, wenn schönes Wetter ist, grillen wir sogar zusammen. Es gab eigentlich noch nie Ärger. Mit niemandem. Der alte Hirzinger, der ist zwar ein Sonderling, aber nein, das ist doch der pure Quatsch. Das war niemand von hier."

„Was macht Sie da denn so sicher?", schaltete sich Kommissar Reichard in die Überlegungen ein, „Sie können doch auch nicht in die Leute reinschauen, oder? Wer ist denn dieser ... wie sagten Sie eben? Wie heißt der alte Sonderling?"

Kuhl winkte ärgerlich ab und schüttelte den Kopf. „Hirtzinger. Alois Hirtzinger. Unser direkter Nachbar hier rechts neben uns."

Kuhl drehte sich und deutete auf das benachbarte Grundstück. „Ach, kommen Sie, der alte Kerl. Er ist nicht gerade ein Motorradfan. Und bevor wir den Garten gemietet hatten, so ungefähr vor vier Jahren, als der damalige Pächter gestorben war, hat er sich auch dafür interessiert. Sozusagen zusätzlich zu seinem Garten, den er schon gepachtet hat. Aber ich kenne den Herrn Fander schon seit der Schulzeit. Und so hat er uns bevorzugt. Da war der alte Hirzinger schon ein bisschen sauer. Anfangs hat er versucht, irgendeinen Blödsinn über uns zu erzählen. Wir würden seine Tomaten vergiften und in seinen Erdbeeren rumtrampeln. Aber das ist lange her. Und Herr Fander konnte ihn damals überzeugen, dass wir bestimmt kein Interesse haben, ihm irgendwas kaputtzumachen. Mittlerweile hat er gemerkt, dass wir ganz normale Motorradfahrer sind und nicht die Hells Angels oder so was."

Gehring hob die rechte Hand und wollte etwas entgegnen. Kuhl kam ihm zuvor.

„Nein, nein, vergessen Sie das. Haben Sie denn eine Ahnung, wie ein richtiger Nachbarschaftsstreit normalerweise geht? Da wird sich erst einmal aufgeblasen. Da wird wegen überhängender Äste gestritten, da wird behauptet, der Zaun stehe zehn Zentimeter zu weit auf dem eigenen Grundstück, da werden Anzeigen gemacht, wenn der andere mal ein Feuer gemacht hat, um altes Zeug zu verbrennen. Da wird immer zuerst der persönliche Ärger gesucht, um dem anderen zu zeigen, wer der Herr im Haus ist. Aber da wird doch niemand umgebracht. Und dann noch so eine Drohung nachgeschoben. Da steckt etwas ganz anderes dahinter!"

Hauptkommissar Gehring hatte die Klarsichttüte mit

dem Drohbrief seinem Kollegen in die Hand gedrückt und stand nun mit beiden Händen in den Hosentaschen da und legte den Kopf in den Nacken. Mit Getöse überflog ein großes Passagierflugzeug den Garten. Seitdem man eine Einflugschneise des Frankfurter Flughafens etwas weiter nördlich verlegt hatte, war es wesentlich lauter geworden in der Gegend. Da kam es auf ein paar Motorräder ab und an wohl auch nicht mehr an. Zumal Kuhls BMW noch mit dem Originalauspuff ausgestattet war. Und somit keinerlei Konkurrenz zu den akustischen Emissionen der modernen Fluggeräte darstellte. Obwohl er schon ein wenig neidisch auf den satten Klang von Reinfelds Moto Guzzi war ...

Georg Gehring musste Kuhl recht geben. Wer könnte Interesse daran haben, dass der Motorradclub von hier verschwinden würde? Wer könnte davon profitieren? Die Biker waren schließlich nicht die Besitzer. Die hatten das alles nur gemietet.

Also Gerber vom Katasteramt? Der saß zumindest an der Quelle und wusste, dass – vorausgesetzt der Antrag ging durch – das Grundstück eventuell mal viel Geld wert sein könnte. Fander? Nun, dem gehörte das Grundstück ja. Und Rosi Steinberger war vielleicht die Einzige, die noch Verbindung zum Besitzer hatte und gleichzeitig wusste, dass eine eventuelle Veränderung im Wert des Grundstücks stattfinden könnte. Aber dieses Wissen hatte sie leider nur kurz.

Denn nun war sie tot.

Dann wäre aber diese Drohung hier total unsinnig. Man konnte es drehen und wenden, wie man wollte. Irgendwas stimmte nicht.

Wolfhard Kuhl wendete sich noch einmal zu Kommissar

Reichard. „Könnte ich noch einmal einen Blick auf diesen Brief werfen? Nur ganz kurz?“

Reichard zog seine Handschuhe noch einmal an, zog das rosa Papier mit dem Drohbrief aus dem Umschlag und hielt ihn Kuhl vor die Nase.

„Merkwürdig“, versuchte Wolfhard Kuhl sich zu erinnern, „irgendwie kommt mir dieses Papier bekannt vor. Irgendwo hab ich das doch die letzte Zeit schon mal gesehen ...“

Er bemerkte den interessierten Blick von Hauptkommissar Gehring, hob aber bedauernd die Schultern. „Nein, keine Ahnung im Moment. Tut mit leid. Wenn mir was einfallen sollte, rufe ich Sie an und sage Bescheid.“

Gehring hörte ein fetzendes Geräusch hinter sich. Dann knurrte es leise, gefolgt von einem leichten Klatschen. Er drehte sich um und schaute in die Wiese. Eine schwarze Katze hatte scheinbar eine Beute gemacht. Und spielte jetzt sprichwörtlich Katz und Maus. Sie schlug das kleine graue Bündel mit der Tatze, dass es einen halben Meter weit auf dem Gras entlangschlidderte. Dann sprang sie in einem hohen Bogen hinterher und verkrallte sich in das Tier. Kuhl schaute ebenfalls interessiert zu. „Das ist unser Diogenes, Herr Kommissar. Der wohnt gewissermaßen hier im Garten. Da drüben steht seine Behausung. Sehen Sie das Holzfass? Wir haben ihm das alte Ding zurechtgemacht, damit er einen Unterschlupf hat, wenn es jetzt kälter wird. Hat wohl eine Maus erwischt. Wenn er nur reden könnte. Vielleicht hat der ja was gesehen?“

Diogenes hielt das graue Etwas zwischen den Vordertatzen, schleuderte es ein wenig in die Luft und schlug danach. Als die Maus auf dem Boden aufkam, tat sie etwas seltsames, ganz und gar Mäuseuntypisches. Sie rasselte!

Gehring runzelte die Stirn. Kuhl hatte dem Hauptkommissar die Hand auf die Schulter gelegt. „He, was ist denn das? Das ist doch keine Maus. Das ist doch ..."

Gehring war schon unterwegs und näherte sich dem schwarzen Kater. Der musterte ihn kurz und ließ ein scharfes Fauchen vernehmen. Dann drehte er sich geschmeidig um und flitzte davon. Gehring bückte sich nach der vermeintlichen Maus und nahm sie in die Hand. Verwundert blickte er auf ein kleines graues Schlüsselmäppchen aus Leder. „Na sieh mal einer an. Entweder hat das jemand kürzlich hier verloren, oder unsere Spurensicherung hat doch noch etwas übersehen ..."

Gehring starrte auf das Schlüsselmäppchen und dachte nach.

„Ich brauche jetzt erst einmal eine Tasse Kaffee!"

Wolfhard Kuhl riss mit dieser Aussage den Hauptkommissar aus seinen Überlegungen.

„Wie bitte, Kaffee?", verwirrt schaute er den Motorradfahrer an, „oh, Kaffee", und er erinnerte sich traurig an das schöne frischgemahlene, würzig duftende Kaffeepulver, das vorhin in den Abfallkorb gewandert war.

„Ja, bitte", rief er aus ganzem Herzen, „ein Kaffee wäre jetzt wohl die Krönung ... und Sie, Reichard, laden bitte schon mal die Sense ein. Und verlieren Sie den Umschlag nicht. Den wollen wir uns noch genauer ansehen!"

Kristin Kuhl hatte währenddessen ihre Motorradjacke ausgezogen und an dem runden Holztisch in der kleinen Küche des Gartenhäuschens Platz genommen. Sie hatte sich zurückgelehnt, die Arme hinter dem Kopf verschränkt und glotzte mit resigniertem Blick an die Küchendecke.

Ihr gegenüber saß Georg Gehring und schaute glücklich

zu, wie sich Kuhl mit einer handlichen alten Kaffeemühle abmühte. Der Hauptgrund seines Glücks war allerdings die kleine goldene Tüte, aus welcher der BMW-Fan die Mühle befüllt hatte. Es war zwar nicht Gehrings geliebte Wiener Mischung, doch es handelte sich immerhin um eine Costa Rica-Hochland-Röstung aus seiner Frankfurter Lieblings-Kaffeerösterei.

Und so hatte er verständlicherweise keine Augen für Kommissar Reichards ergebenen Blick, den dieser in Richtung Decke schickte, als er die kleine Küche betrat und Wolfhard Kuhl hantieren sah ...

Das knirschende Geräusch der kleinen Kaffeemühle hatte eine enorm beruhigende Wirkung auf Georg Gehring. Er war immer noch gelassen, als sich sein Handy bemerkbar machte. „Gehring“, meldete er sich aufgeräumt. Etliche Minuten lauschte er gebannt der Rede des Anrufers, es musste wohl ein sehr ausführlicher Bericht sein. Dann machte sich ein arger Unwillen in seinem Gesicht breit. Er schaute Wolfhard Kuhl an. „Ich werde noch verrückt, Herr Kuhl, jetzt müssen Sie leider Ihren guten Kaffee alleine trinken. Es ist mir heute wohl nicht vergönnt. Wir müssen los. Die Kollegen haben soeben einen größeren Fang gemacht.“

„Wie, was für einen Fang? Was ist denn passiert?“ Kuhl schaute interessiert zum Kriminalhauptkommissar. Seine Frau Kristin spitzte die Ohren. Und auch Kommissar Reichard konnte seine Neugier nicht verbergen.

„Chef, sagen Sie bloß, die haben den Kölner erwischt?“ Da war es schon wieder raus. Reichard! Na gut, Gehring gab sich geschlagen. „Eigentlich bräuchte ich jetzt einen Schnaps, und keinen Kaffee mehr. Aber ja doch. Die Fechenheimer Kollegen haben den Kölner geschnappt. Und unseren Passat haben wir auch wieder! Allerdings leicht beschädigt ..."

Kuhl biss sich auf die Lippen. Eigentlich hätte er noch gerne weiter gefragt. Aber wer weiß, auf welche Ideen der Hauptkommissar dann noch gekommen wäre. Und so nahm er sich vor zu schweigen, zumal er bestimmt mit noch mehr Vorwürfen rechnen konnte. Der Blick seiner Frau sprach Bände. Heute würde man bestimmt nicht mehr in den Urlaub fahren, obwohl es der Kommissar ja nicht ausdrücklich verboten hatte. Kuhl hatte eigentlich überhaupt keine Lust mehr. Schließlich fasste er sich ein Herz. „Wieso halten Sie denn den Karlo jetzt fest?", fragte er den Haupkommissar. „Sie glauben doch nicht wirklich, dass der einen Mord begangen hat? Nur weil er mal die Nerven verloren hat und abgehauen ist?"

Gehring atmete tief durch. Dann schaute er Kuhl fest an und erläuterte ihm den Sachverhalt in groben Zügen. Kuhl wurde blass, als er erfuhr, dass man bei Karlo eine Schachtel gefunden hatte. Mit einem blutverschmierten Hammer als Inhalt. „Aber das passt doch alles gar nicht zusammen! Wer weiß, wie der Karlo an dieses Ding gekommen ist. Das kann doch alles nicht sein!"

„Das wollen wir jetzt klären. Deshalb müssen wir schnellstens ins Präsidium zurück."

„Könnten Sie uns auf dem Laufenden halten, Herr Gehring? Immerhin ist das ja ein Bekannter von uns und ..."

„Wir werden ganz sicher demnächst noch miteinander zu reden haben, Herr Kuhl. Und jetzt müssen wir wirklich!" Gehring hob bedauernd die Hände.

Gehring und Reichard verabschiedeten sich schnell von den Kuhls. Im Rausgehen warf der Hauptkommissar noch einmal einen sehnsüchtigen Blick auf die Kaffeemaschine, die mitlerweile schnorchelnd und gurgelnd ihren Dienst versah. Aber sein Dienst ging hier leider vor, und er wollte das Eisen schmieden, solange es noch heiß war.

Gehring lenkte den Wagen auf dem schmalen Aspaltband des Feldweges durch die Oberräder Kleingärten in Richtung Polizeipräsidium. Er drehte den Kopf zu seinem Kollegen, der sehr nachdenklich wirkte. Er hatte den Kommissar über die neuesten Entwicklungen informiert, soweit sie ihm bekannt waren. „Und Reichard, was denken Sie, was da los war“, er machte eine kurze Pause und ergänzte: „beziehungsweise noch los ist?“

„Tja, eigentlich ist es doch klar. Wenn dieser Hammer als Waffe gedient hat, was ich ganz sicher denke, hat der Kölner schlechte Karten.“

Gehring schaute zweifelnd. „Und warum trägt der Mann das Ding mit sich herum? Er muss doch damit rechnen, dass er erwischt wird. Warum – wenn er der Täter war – hat er die Waffe nicht gleich verschwinden lassen? Und macht dann noch die Sauerei mit der Sense?“

„Ich sage, der Kölner tickt anders. Der hat noch nie was Vernünftiges gemacht. Der tappt immer wieder in die Scheiße, und dabei passieren ihm solche Sachen ...“ Gehring unterbrach seinen Kollegen. „Zuerst müssen wir mal hören, was er uns anzubieten hat. Es gibt ja auch noch andere Verdächtige. Was ist denn mit Gerber. Der wirkt sehr nervös, auch wenn er es ganz gut überspielen kann. Und die Sache mit dem Antrag, von der er gesprochen hat, macht mich nachdenklich. Vielleicht hat der da ein Ding am laufen. Möglicherweise nicht alleine. Weil er als Angestellter im Katasteramt ja sehr verdächtig wäre, wenn er versuchen sollte, noch schnell günstig an das Grundstück zu kommen. Vielleicht sollten wir seinen Bekanntenkreis mal etwas durchleuchten. Außerdem", er hielt kurz inne, „außerdem haben ja jede Menge Leute von diesem Motorradclub Zugang zum Gelände. Und davon kennen wir noch keinen so richtig. Außer Herrn Kuhl. Und der wirkt auf mich ganz und gar nicht wie ein Sensenmörder."

„Jaja, ich weiß schon", Kommissar Reichard setzte ein spöttisches Gesicht auf. „Wo man den teuren Kaffee trinkt, da ist ein sichrer Ort. Wer einen guten Kaffee braut, begeht schon keinen Mord!"

Gehring schaute den Kollegen ungläubig an. Dann brach er in schallendes Gelächter aus. „Reichard, Sie sind ja ein Dichter", prustete er heraus. „Und ein Komiker", setzte er etwas ernster hinzu.

15

Karlo Kölner hatte seine Hände in den Schoß gelegt. Nein, nicht aus Müßiggang. Sondern einfach nur deshalb, weil er sonst nicht viel damit anfangen konnte. Das doppelte Armband, das er hier auf Staatskosten trug, ließ ihm nicht viele Alternativen. Innerlich war er sehr nervös. So tief hatte er auch noch nie in der Patsche gesteckt. Und wieder einmal war er selbst schuld an seiner Misere. Das konnte er aber – wenn überhaupt – nur vor sich selbst zugeben. Äußerlich versuchte er cool zu wirken, sachlich, um einen letzten Rest von Glaubwürdigkeit zu bewahren.

„Also, Herr Kölner. Dann erzählen Sie uns doch mal ihre Geschichte. Was ist denn passiert?“ Hauptkommissar Gehring hatte sich in seinem Bürosessel zurückgelehnt und seine Hände hinter dem Kopf gefaltet.

Und Karlo fing an zu reden. Allerdings ließ er sein Treffen mit Reinfeld außen vor, was sollte er Herbert da mit reinziehen. Er ging dabei nicht ganz chronologisch vor, weil er zuallererst von seinem Fundstück aus Erwins Badezimmer erzählen wollte. Wie er dort die Schachtel gefunden hatte.

„Du lieber Himmel, stellen Sie sich doch vor wie mir zumute war, als ich den Deckel abgehoben habe. Ich weiß nicht was ich erwartet habe zu finden. Ich habe dann diesen blutverschmierten Hammer in der Schachtel gesehen.

Das war ein richtiger Schock für mich. Ich meine, warum versteckt Erwin den hinter einer Abzugsklappe? Das hat doch was zu bedeuten." Die Sätze sprudelten nur so aus ihm hervor. Als er dann endlich bei dem Geld angekommen war, das er im Küchenabzug gefunden hatte, wurde er von Kommissar Reichard unterbrochen.

„Sie wollen uns doch nicht erzählen, dass Herr Steinberger fünfzigtausend Riesen in seiner Dunstabzugshaube aufbewahrt? Da haben Sie sich ja eine schöne Räuberpistole ausgedacht. Wer soll Ihnen das glauben? Und wenn es da tatsächlich so viel Geld gäbe, dann hätten Sie es doch sicher nicht wieder zurückgelegt! Sie doch nicht!"

Reichard wirkte aufgebracht und schlug sich mit der flachen Hand an die Stirn.

„Aber wenn ich es doch sage. Das wollte ich den Streifenhörnchen doch schon erklären." Karlo fiel langsam wieder in seine despektierliche Art zurück. „Die Blödmänner haben mich ja überhaupt nicht zu Wort kommen lassen! Es ist aber genau so wie ich es sage. Ich hab sie doch nicht umgebracht. Ich wollte nur was zur Aufklärung beitragen. Haben Sie etwa Geld bei mir gefunden? Nein? Na also, dann wird es wohl noch in der Wohnung bei Erwin sein. Ihr müsst nur hingehen und nachsehen! Ich will endlich meine Ruhe haben!"

„Nun ja, Ihre Ruhe werden Sie die nächste Zeit schon haben. Auch wenn Sie nichts mit dem Mord an Frau Steinberger zu tun haben sollten. Da gibt es ja noch die Geschichte mit dem tätlichen Angriff auf Herrn Reichard, dann der Diebstahl eines Dienstfahrzeugs ... das reicht schon für einige Zeit kostenfreier Unterkunft bei uns", entgegnete Gehring in väterlich anmutendem Ton.

„Aber wir wollen bestimmt keine Fehler machen, Herr

Kölner. Wir werden Ihrer Aussage nachgehen", setzte er hinzu.

Reichard blickte verständnislos und wollte etwas sagen. Kriminalhauptkommissar Gehring hob die Hand. „Schon gut, schon gut. Wir müssen doch sowieso noch mit Steinberger reden." Und ergänzte zu dem Uniformierten, der die ganze Zeit an der Eingangstür gestanden hatte: „Sie können Herrn Kölner jetzt wegbringen."

Nachdem man Karlo aus dem Zimmer geführt hatte, klingelte Gehrings Telefon. Er nahm ab und meldete sich mit seinem Namen. Als er einige Sekunden zugehört hatte, meinte er schnell: „Ja, dann schicken Sie die Damen doch hoch zu uns. Wir erwarten sie!"

Die Neugier in Reichards Gesicht verstärkte sich noch, als sich kurze Zeit später die Tür öffnete und Sina Mehler in der Eingangstür stand. Anscheinend war sie aber nicht alleine.

Sie trat in den Raum und hielt die Tür offen. Nach kurzem Zaudern folgte ihr Jeannette Müller.

Gehring stand auf und bot den beiden Frauen Platz an. Jeannette ließ sich zögernd auf dem Stuhl nieder, auf dem eben noch Karlo Kölner geschwitzt hatte. Sina Mehler saß schon rechts von ihr auf einem Holzstuhl ohne Armlehnen und hatte die Beine übereinandergeschlagen. Sie trug einen sehr schicken hellgrauen Hosenanzug und schwarze hochhackige Pumps. Die nach hinten gebundenen dunklen Harre ließen sie auf eine geschäftsmäßige Art streng wirken. Sie erinnerte Gehring an eine erfolgreiche Anwältin aus einer Fernsehserie.

„Mein Name ist Sina Mehler. Ich bin eine gute Bekannte von Frau Müller." Sie machte mit der linken Hand eine sparsame Bewegung in Richtung ihrer Freundin. „Sie wird

Ihnen jetzt noch eine Kleinigkeit zu sagen haben. Wir wissen nicht, ob das wichtig ist, aber möglicherweise gibt es einen Zusammenhang. Sie haben doch Herrn Kölner verhaftet. Ist das richtig? Wir glauben nämlich ganz und gar nicht, dass er was mit dem Mord zu tun hat."

Gehring dachte an den Telefonanruf, der ihn in der Gartenhütte erreicht hatte. Entweder Kuhl oder seine Frau hatten wohl gleich Informationsarbeit geleistet. Glücklich war er nicht darüber. Aber auf eine gewisse Weise konnte er es auch verstehen. Es waren ja alles Bekannte, und alle zusammen befanden sich hier in einer extremen Ausnahmesituation. Also blickte er Jeannette Müller so freundlich, wie es ihm möglich war, ins Gesicht. „Nun, Frau Müller, was wollen Sie uns denn erzählen?"

„Ach, ich weiß überhaupt nicht, ob das wichtig ist. Und ich will ja auch niemanden in Schwierigkeiten bringen. Aber Sina meint, ich solle das erzählen. Obwohl – es ist mir ja sehr peinlich." Sie wandte sich an Sina. „Meinst du wirklich?" Sie wirkte ein wenig verzweifelt.

„Jetzt mach schon, Jennie. Deshalb sind wir doch hier, und die Herren werden das bestimmt nicht an die große Glocke hängen." Sie drehte den Kopf zu den beiden Beamten und ergänzte: „Wissen Sie, es ist nämlich etwas relativ Intimes ..."

„Wir werden so diskret sein wie möglich, Frau Müller. Und wenn Sie mit dem Mord nichts zu tun haben, wird Ihre Aussage auch nicht an die Öffentlichkeit gelangen."

„Es ist mir wirklich sehr unangenehm. Und es hat mir auch gar nichts bedeutet. Also, ich hatte mal was mit dem Erwin. Aber wirklich nur ganz kurz. Eine Nacht. Was glauben Sie, was ich mich am anderen Tag geschämt habe. Aber machen Sie das mal rückgängig. Er kam nach einem Streit mit seiner Frau, also meiner Schwester, bei mir vorbei, um sich auszuweinen. Ich fand das ja nicht so toll. Aber dann haben wir dagesessen und geredet und geredet. Und leider dabei reichlich gebechert. Irgendwie ist es dann passiert. Fragen Sie mich bitte nicht warum. Das Dumme war, wir haben noch nicht mal ein Kondom benutzt. Da ich die Pille nicht nehme, hatte ich auf einmal furchtbar Angst, dass ich vielleicht schwanger werden könnte. Ausgerechnet vom Mann meiner Schwester. Aber Erwin hat mich dann beruhigt und mir versichert, dass überhaupt nichts passieren könne, weil er sich nämlich vor ein paar Jahren habe sterilisieren lassen und deshalb überhaupt keine Gefahr bestehe. Er hatte das gemacht, weil seine erste Frau die Pille ablehnte und sie damals keine Kinder bekommen wollten. Und er hat mir gesagt, dass Rosi davon keine Ahnung habe und ich es ihr auf keinen Fall sagen dürfe."

„Und warum erzählen Sie uns das alles?" Kommissar Reichard wirkte ratlos und gelangweilt.

Jeannette Müller guckte äußerst verwundert in die Runde. „Na, weil Rosi doch schwanger war."

–

Die beiden Damen waren gegangen und Hauptkommissar Gehring hatte guten Grund, sich wieder einmal seine Schläfen zu reiben. Das wurde ja immer verworrener. War das am Ende doch nur eine schnöde Beziehungstat? Gehring konnte sich den Schock schon sehr gut vorstellen, von dem ein steriler Mann erfasst wurde, wenn ihm seine Frau freudig eröffnete, dass sie schwanger sei. Aber bringt man deshalb gleich jemanden um? Und außerdem: Wusste Steinberger überhaupt von der Schwangerschaft?

Nun, auf jeden Fall schien im Falle Erwin Steinberger jetzt doppelter Handlungsbedarf zu bestehen. Also entschied er, sofort zu dessen Wohnung zu fahren. Ohne sich vorher anzumelden. Sollte er nicht zu Hause sein, könnte man es morgen ja wieder versuchen.

Schweigend saßen die Kommissare nebeneinander im Auto, als sie in Richtung Fechenheim fuhren. Jeder hing so seinen Gedanken nach. Sie hatten zwar einige Fäden in der Hand. Aber jeder der Fäden schien in eine andere Richtung zu laufen. Es gab keine rechte Verbindung. Und wenn der Hammer, den man bei Karlo gefunden hatte, wirklich aus Erwin Steinbergers Wohnung war? Und wenn er überdies auch noch als Waffe gedient hatte, um Rosi Steinberger niederzuschlagen? Das Labor würde das sicher nachweisen können.

An die Herkunft des von Karlo erwähnten Geldes verschwendete Gehring im Moment noch keinen Gedanken. Es war ja nicht gesagt, dass es wirklich existierte.

In der Bregenzer Straße waren alle Parkplätze belegt. Und so stellte Kommissar Reichard den Wagen direkt vor dem Haus, in dem Erwin Steinberger wohnte, halb auf der Straße, halb auf dem Bürgersteig ab. Wenn sich an dieser Stelle zwei andere Fahrzeuge begegnen sollten, müsste eines davon eben warten.

Die Kommissare stiegen aus dem Wagen und gingen den kurzen Plattenweg zum Haus. In der geöffneten Tür stand vornübergebeugt eine sehr magere Frau um die vierzig und schimpfte laut mit einem etwa achtjährigen Jungen. Gerade als sie ausholte, um dem Kind eine Ohrfeige zu verpassen, erreichten die Beamten den Eingang.

„Entschuldigen Sie. Wir suchen Herrn Erwin Steinberger. Der wohnt doch hier, oder? Wissen Sie, ob er zu Hause ist?“ Kommissar Reichard hielt ihr seinen Ausweis unter die Nase.

„Was weiß ich denn. Glauben Sie mir, ich habe andere Sorgen als eine Anwesenheitsliste für das Haus zu führen. Hat er denn was angestellt?“ Das klang aber nicht wirklich interessiert und sie wendete sich wieder dem Kleinen zu. „Los jetzt, wir kommen noch zu spät.“ Bedauernd hob sie die Schultern und schaute Reichard an. „Wir müssen in zehn Minuten bein Zahnarzt sein, wissen Sie, und der junge Herr versucht das gerade zu umgehen.“

Die Polizisten erkannten, dass hier im Moment nichts zu holen war. Sie betraten das Treppenhaus und stapften die Treppe hoch bis in den dritten Stock. Gehring ging auf die Eingangstür zu und wollte gerade auf den Klingelknopf drücken, als er sah, dass das Schloss beschädigt war. Soweit stimmte also Karlos Schilderung. Die Tür war aber wieder zugeschnappt, repariert konnte das Schloss in dieser kurzen Zeit nicht sein. So klingelte Gehring erst einmal ausgiebig, bevor er Kommissar Reichard grünes Licht gab. Eines der wenigen wirklichen Talente des Polizisten bestand in der Fähigkeit, innerhalb kürzester Zeit auch relativ komplizierte Sicherheitsschlösser zu überwinden. Nicht dass dieses Schloss hier ein besonderes Hindernis dargestellt hätte. Es war ja auch nicht abgeschlossen, sondern nur einfach zugeschnappt. Und so bewährte sich wieder einmal die biegsame Plastikkarte, die Reichard sich extra für diese Fälle angefertigt hatte. Um seine EC-Karte zu schonen.

Reichard drückte die Tür auf und die Beamten betraten die Wohnung. Gehring wusste zwar, dass dieses Betreten nicht ganz legal war, aber er hatte so ein seltsames Gefühl. Der Flur befand sich ganz in dem Zustand, den Karlo geschildert hatte. Also kein besonders erfreuliches Bild. Der Anblick, der sich den beiden Eindringlingen bot, als sie die Küche inspizieren wollten, war aber auch nicht gerade schön.

Erwin Steinberger lag reglos auf dem Küchenboden. Er lag auf der Seite. An seinem Hinterkopf war unschwer eine große blutige Platzwunde zu erkennen. Um ihn herum zerstreut lagen die Scherben einer zersplitterten Bierflasche, geschmackvoll garniert mit drei zerknitterten Fünfhundert-Euro-Scheinen.

Der Rahmen der Dunstabzugshaube über dem Herd hing herab und der Filter lag in der Spüle. Alles sah so aus, als hätte Karlo Kölner die Wahrheit gesagt. Aber hatte er auch alles erzählt? Hier lagen nur drei der erwähnten hundert Geldscheine. Bei Karlo hatte man jedoch kein Geld gefunden.

Georg Gehring beugte sich über den am Boden Liegenden, der fast schon wie beabsichtigt eine stabile Seitenlage eingenommen hatte. Vorsichtig bewegte er ihn, als er ein leichtes Stöhnen wahrnahm. „Reichard, rufen Sie den Notarztwagen. Er lebt noch. Machen Sie schnell!"

–

„Wird er durchkommen?" Hauptkommissar Gehring blickte den Notarzt erwartungsvoll an. Der Mediziner wollte sich nicht festlegen. „Er hat eine schwere Kopfverletzung. Genaueres wird man erst im Krankenhaus feststellen können."

Die Sanitäter hatten Erwin Steinberger zwischenzeitlich auf eine Trage geladen.

Gehring folgte ihnen bis zum Rettungswagen. Er wirkte sehr nervös. „In welches Krankenhaus bringen Sie ihn?"

„So wie es im Moment aussieht, fahren wir wahrscheinlich ins Katharinenkrankenhaus."

Einer der Sanitäter rief Gehring mahnend zu: „Heute werden Sie aber mit Sicherheit noch nicht zu ihm können. Rufen Sie morgen erst einmal an, bevor Sie hinfahren. Wir wissen wirklich noch nicht, was mit ihm los ist!"

16

Georg Gehring betrat die Intensivstation in Begleitung einer Schwester und eines Arztes.

„Er ist jetzt wach. Trotzdem geht es ihm nicht besonders gut. Sie können zu ihm. Aber bitte machen Sie es so kurz wie möglich.“ Die Schwester gab sich freundlich aber bestimmt.

Der Arzt schaute den Kommissar an. „Er hat großes Glück gehabt. Es gibt keine schwerwiegenden Verletzungen. Aber wie die Schwester schon sagt ...“

Der Hauptkommissar versuchte den beiden klarzumachen, dass er den Patienten nicht über Gebühr beanspruchen würde und bedankte sich.

Dann betrat er das Zimmer. Steinberger hatte einen leichten Kopfverband. Sein linker Arm war an einen Tropf angeschlossen. Er wirkte abwesend, fast wie schlafend.

„Guten Tag, Herr Steinberger. Ich bin von der Polizei. Gehring ist mein Name. Was ist mit Ihnen passiert?“

Steinberger schloss seine Augen. Er begann undeutlich und ganz leise zu sprechen. „Der Gerber dieses Schwein ... er hat Rosi ...“

„Herr Steinberger, wer hat Sie so zugerichtet, der Herr Gerber?“

„Was wollte der denn von der Rosi? Ich hab gedacht der Fander ... und dann, der war dann auch plötzlich da, und mein Wohnungsschloss war kaputt ... ich kapier überhaupt nichts ..."

Dem Verletzten versagte die Stimme, er öffnete aber wieder die Augen und schaute zum Hauptkommissar.

„Herr Steinberger, woher stammt das viele Geld in der Küche?" Gehring setzte voraus, dass die Geschichte mit dem Geld genau so war, wie es Karlo Kölner geschildert hatte und behielt für sich, dass sie nur drei der hundert Banknoten gefunden hatten.

„Welches Geld", versuchte Erwin auszuweichen. „Ich hab kein Geld, schön wärs." Er schloss wieder die Augen.

Gehring überlegte kurz. „Na ja, eigentlich haben wir ja auch nur drei Fünfhunderter gefunden. Aber wir haben einen Zeugen, der ausgesagt hat, dass da einmal fünfzigtausend Euro unter ihrem Dunstabzug versteckt waren. Und da hätte ich gerne von Ihnen gehört, wo die geblieben sind." So langsam machte sich beim Hauptkommissar ein Verdacht breit, aber noch wollte er nichts überstürzen.

Er bemerkte den Ruck, der durch Steinberger ging, als der die letzten Worte des Kommissars verarbeitet hatte. „Fragen Sie doch den Fander", beschied er dem Polizisten resigniert. „Und jetzt sage ich nichts mehr. Überhaupt nichts! Lassen Sie mich in Ruhe. Es ist schon alles schlimm genug!"

Gehring fuhr zurück zum Präsidium. „Nehmen Sie sich zwei Leute und bringen Sie mir den Gerber her. Und den Fander. Wir werden da jetzt einmal ein bisschen bluffen. Es wird Zeit, dass wir hier ein wenig Licht reinkriegen. Die haben scheinbar alle die Finger mit in diesem Spiel. Und wenn ihr den Herrn Fander holt, erklärt ihr ihm, dass er wegen Mordverdacht an Herrn Steinberger festgenommen ist. Was schauen Sie so zweifelnd, Reichard? Tun Sie es einfach. Ich sage Ihnen doch, jetzt spielen *wir* mal unsere Spielchen!“

„Alles klar, Chef, okay, dann mach ich mich mal auf den Weg.“ Reichard ging zur Tür.

„Und zu Gerber sind Sie bitte nicht zu freundlich. Der soll ruhig ins Schwitzen geraten!“, rief er dem Kommissar hinterher.

17

Michael Fander wohnte in der Berger Straße in Bornheim. Seine Wohnung befand sich in einem Altbau schräg gegenüber vom Needles and Pils, einer auf englisch gemachten Kneipe und sogenannten Sportsbar. Standen interessante Fußballspiele an, pflegte Fander dort bei einigen Guinness den Verlauf dieser Sportereignisse interessiert zu verfolgen. Aber auch das eine oder andere Feierabendbier hatte er sich dort schon hinter die Binde gekippt.

Der seltsame Name des Lokals war eine Verballhornung eines alten Musiktitels namens „Needles and Pins“ von den Searchers, es entstand in der Mitte der Sechzigerjahre, und sein Betreiber, ein versoffener ehemaliger Rechtsanwalt, fand das lustig und kreativ.

Mick Fander ergatterte einen Parkplatz ganz in der Nähe seiner Wohnung. Er stieg aus, schloss seinen Wagen ab und lief langsam die Straße entlang seiner Wohnung entgegen. Er hatte sich nicht nach Hause getraut. Warum wusste er selbst nicht so genau. Stattdessen hatte er sich in der Stadt betrunken, im Auto übernachtet, und war wieder durch die Stadt geirrt. Nun war es Mittwochabend, und er fühlte sich entsprechend zerknittert. Er schob die rechte Hand in die Manteltasche. Fühlte das dicke Bündel Banknoten, und es schien ihm, als brenne es an seinen Fingern wie Feuer. Wo kam die ganze Kohle bloß her? Er bekam das Bild, dass sich ihm nach dem kurzen Kampf in der Küche bot, nicht aus dem Kopf. Erwin, wie er leblos auf dem Boden lag. Die Glassplitter, das Blut. Aber war Erwin nicht selbst schuld? Er hatte ihn doch angegriffen. Fander versuchte nachzudenken, doch seine Gedanken fuhren Karussell, und es wollte ihm nicht gelingen, sie sinnvoll zu sortieren. Er gedachte des leeren Kühlschranks in seiner Wohnung und hegte die Vermutung, dass ein oder zwei Guinness etwas Ruhe in seine durcheinandergeratenen Gedankengänge bringen könnten. Und vielleicht auch in der Lage waren, seinen gewaltigen Kater zu vertreiben. Also schaute er sich um, überquerte die Straße und steuerte auf das Needles zu. Er zog die Tür auf, teilte den dicken Filzvorhang, der die ersten Stehtische vor Zugluft schützte, und betrat die Kneipe. Es war nicht viel los. Er bestellte ein Glas des dunklen irischen Gebräus. Lewie, wie sich der Betreiber des Pubs gerne nennen ließ, betätigte sogleich die stickstoffgetriebene Zapfanlage. Eigentlich hieß er Gernot Meier-Bogenbrecht, aber mit diesem Namen ließ sich nicht wirklich erfolgreich ein britisches Pub betreiben. So konnte man seinen richtigen Namen nur auf dem kleinen Schild in der rechten oberen Ecke der Eingangstür hinter der Abkürzung „Inh.:" lesen. Und das war ihm auch ganz recht so.

Er stellte Fander das fertige Bier vor die Nase. „Sehr zum Vollsein", wünschte er kalauernd. „Was ist denn los, Mick? Du schaust ja aus, als hättest du das Ungeheuer von Loch Ness gesehen!"

Kommissar Reichard ließ den Streifenbeamten direkt neben Fanders Wagen parken. Ein absoluter Zufall, wenn man die abendliche Parkplatzsituation in der Berger Straße berücksichtigte. Nicht dass ihm bewusst gewesen wäre, dass er neben Fanders Wagen zu stehen kam. Aber die Parkplatznot in diesem Teil von Frankfurt war ihm wohl bekannt. Die Polizisten stiegen aus und machten sich auf den Weg zu Fanders Wohnung. Sie klingelten an der Haustür unten an der Straße. Es reagierte niemand. Auch ein wiederholtes und längeres Klingeln brachte nicht den gewünschten Erfolg. Reichard betrachtete die anderen Namen neben den Klingeln aufmerksam. Er entschloss sich, es bei einem Nachbarn zu versuchen und drückte den Knopf neben dem Schildchen mit der Aufschrift *F. Weinberger*. Kaum dass Reichard den Finger vom Knopf genommen hatte, vernahm er ein harsches „Was ist denn?“

„Hallo, mein Name ist Reichard. Entschuldigen Sie bitte die Störung. Ich suche Herrn Fander. Er scheint nicht zu Hause zu sein. Haben Sie eine Ahnung, wann er gewöhnlich nach Hause kommt? Oder wo man ihn sonst erreichen kann? Es wäre sehr wichtig!“

„Keine Ahnung“, schnarrte die Stimme kurz angebunden. „Aber vielleicht ist er gegenüber im Needles. Da geht er manchmal hin. Versuchen Sie es mal da.“ Es krachte im kleinen Lautsprecher an der Tür. Herr Weinberger betrachtete das Gespräch offensichtlich als beendet.

Reichard schaute um sich. Am Haus schräg gegenüber konnte er eine Guinness-Leuchtreklame erkennen. Er winkte seinem Begleiter kurz zu und begann die Straße zu überqueren. Vor der Kneipe angekommen, bedeutete der Kommissar dem Kollegen, draußen zu warten. Es musste ja nicht jeder in der Kneipe die Anwesenheit der Polizei mitbekommen.

Reichard öffnete die Tür und überwand den dicken Filzvorhang, der ein unangenehmes Odeur verbreitete. Er roch wie die verdichtete Essenz aus der Luft von hundert Eckkneipen, und seine fleckige Optik unterstrich diese Wahrnehmung auf das Eindrucksvollste. Am Eingang stehend verschaffte er sich einen Überblick. Auf dem Tresen stand ein Guinness-Glas. Zwei Fingerbreit der dunklen Flüssigkeit befanden sich noch darin. Der Hocker davor war nicht besetzt. Sonst war nicht viel los in der Kneipe und kein Mick Fander zu sehen. Reichard schoss ins Blaue. Er ging auf die Theke zu, hob die Hand zum Gruß für den Mann hinter der Theke, nickte mit dem Kopf in Richtung des fast leeren Glases und fragte betont lässig: „Mick?“

„Ist gerade pinkeln“, informierte der Wirt lapidar und wischte mit einem grauen Lappen über die Theke. Bevor Lewie eine neugierige Frage formulieren konnte, hatte sich Reichard schon umgedreht und erkannte links in der Ecke eine schmale Tür. Ein Messigschild mit der Aufschrift „Gentlemen“ war darauf festgeschraubt. Direkt darüber war ein weiteres kleines Schild zu sehen. Es war emailliert und zeigte den Schattenriss eines kleinen korpulenten Mannes im Profil, der wenig gentlemenlike in einen kleinen Bierhumpen pinkelte. Sehr witzig.

Kommissar Reichard zog die Tür auf und betrat einen kleinen, hell erleuchteten Vorraum. Zwei Waschbecken mit jeweils einem kleinen Spiegel darüber waren rechts an der Wand angebracht. Vor dem einen stand Mick Fander und wusch sich die Hände. Schüttelte dann dieselben über dem Becken ab und riss zwei, drei Krepppapierblätter aus dem Spender, um sich damit die Hände trockenzureiben. Als er sich umdrehte, sah er den Kommissar und schaute ihn mit offenem Mund an. Er schien noch nach den passenden Worten zu suchen, als ihm Reichard zuvorkam. „Herr Fander, ich will es kurz machen. Ich bitte Sie, mich aufs Präsidium zu begleiten. Wir hätten da einige ganz vordringliche Fragen zu klären."

„Was denn, wollen Sie mich verhaften?" Fander wirkte nervös und fahrig.

„Momentan brauchen wir nur Ihre Aussage zu einigen Ereignissen der letzten Tage. Bitte, Herr Fander. Sie wollen doch auch nicht, dass die Leute hier merken, dass ich von der Polizei bin!" Reichard gab sich betont höflich und hielt Mick die Tür auf.

Der ging wortlos mit Reichard zurück in die Gaststube, griff sich an der Theke sein Glas und trank den Rest aus. Der Polizist beobachtete, wie Mick in seine Manteltasche griff, die Hand aber dann schnell zurückzog, als wäre er von einer Klapperschlange gebissen worden.

„Lewie, bitte, ich muss schnell weg, kannst du das eine Bier noch zum Rest schreiben? Ich komm dann die Tage rein und bezahl alles, ja?"

Lewie verdrehte die Augen. „Na klar, Mick, mach ich." Und setzte mit einem kurzen Blick auf den Kommissar hinzu: „Hoffentlich lassen sie dich auch wieder laufen. Was hast du denn angestellt?"

Reichard senkte ergeben den Blick. Woran erkannten gewisse Menschen nur immer wieder den Polizisten in ihm? Manchmal hatte er den Eindruck, es sei ihm auf die Stirn geschrieben. Als er wieder auf dem Beifahrersitz des Polizeiwagens saß, betrachtete er sich misstrauisch im Rückspiegel.

Aber auf seiner Stirn stand nichts.

18

„Um Gottes Willen, nein!“ Gerber hatte voller Angst die Augen weit aufgerissen. „Nein, nein, ich war das nicht. Ich habe sie nicht ermordet. Das war ich nicht. Ich doch nicht, warum ... das können Sie mir doch nicht unterschieben, das war doch ganz ...“ Kommissar Reichard fiel ihm ins Wort. „Jetzt machen Sie aber mal einen Punkt. Ihre Fingerabdrücke waren auf der Tatwaffe. Wie sollen die denn da draufgekommen sein, wenn Sie das nicht waren?“

Gerber saß vornübergebeugt auf dem Stuhl und schaukelte mit dem Oberkörper hin und her wie ein von Hospitalismuserscheinungen geplagter Elefant im Zoo.

„Wollen Sie uns nicht von Anfang an erzählen, was an diesem Tag vorgefallen ist? Wenn Sie es nicht waren, kann Ihnen nichts passieren. Also?“ Gehring schaute Gerber erwartungsvoll an.

Der atmete tief ein und stieß einen langen Seufzer aus. „Also gut“, begann er „alles ist eigentlich nur passiert, weil ich meine Klappe nicht halten konnte. Ich hatte der Frau Steinberger mehr aus Versehen angedeutet, dass das Gartengrundstück, das dem Herrn Fander gehört, eventuell zu Bauland werden könnte. Und da ist sie total durchgedreht, und wollte gleich Ihrem neuen Freund darüber berichten. Eigentlich hatte ich aber gehofft, dass ich da mit dem Erwin, ich meine dem Herrn Steinberger, was drehen könnte. Weil der sauer auf seine Frau war und vielleicht auch dem Fander eins auswischen wollte. Wissen Sie, ich kenne den Herrn Steinberger schon seit der Schule. Wir hatten uns total aus den Augen verloren. Vor ein paar Jahren haben wir uns durch einen Zufall wiedergetroffen. Beim Motorradhändler. Als ich dann meine Honda hatte, bin ich mit ihm zu seinem Motorradclub gegangen. Ich erfuhr dadurch, dass seine Frau eine andere Arbeit suchte. Und als eine Stelle bei mir im Büro frei wurde, habe ich dafür gesorgt, dass Frau Steinberger eingestellt wurde. Mit ihr hatte ich aber niemals was zu tun. Wenn wir uns getroffen haben, der Erwin und ich, war seine Frau nie dabei."

Gerber holte tief Luft und überlegte kurz, bevor er fortfuhr. Er war abgeschweift und hatte den Faden verloren. Nach einer Pause kehrte er zur eigentlichen Geschichte zurück. „Auf jeden Fall wollte ich noch einmal eindringlich mit Frau Steinberger reden. Ich habe sie deshalb eingeladen, und wir sind zusammen zum Mittagessen gegangen. Zu einem Spanier in der Nähe unseres Arbeitsplatzes. Wir haben ein bisschen was getrunken und es ist immer später geworden, wir haben uns irgendwie festgequatscht. Ehrlich, eigentlich wollte ich sie ja wirklich nur überzeugen, dass sie die Sache mit dem Grundstück erst mal für sich behält. Sie hatte da aber wohl was falsch verstanden. Und ist auf einmal total auf mich angesprungen. Irgendwann, nach ein paar Gläsern Wein, hatte ich dann das Gefühl, dass es eine gute Idee wäre, sie zu mir nach Hause abzuschleppen. Es war sowieso zu spät, um noch mal ins Büro zu gehen. Mit ihrem neuen Freund, dem Fander, war wohl auch nicht alles Sonnenschein. Sie hat sich ja immer bei mir ausgiebigst ausgeweint. Das Dumme war jetzt nur, dass ich Herr Steinberger schon zuvor angerufen hatte. Ich wollte ihn bitten, mit Fander wegen des Grundstücks zu sprechen, ob er es nicht zu einem fairen Preis verkaufen wolle. Bevor er von der Sache mit der Bauerschließung erfahren würde. Ich konnte das ja nicht machen, stellen Sie sich vor, wenn das rausgekommen wäre. Da wäre ich meinen Job los gewesen. Aber ich bin nur noch dazu gekommen, ihm zu erzählen, dass ich ihm was ganz Wichtiges sagen müsste. Dann war der Akku von meinem Handy leer und die Verbindung weg."

„Weiter, Herr Steinberger, was war dann?" Kommissar Reichard trommelte ungeduldig mit den Fingern auf der Schreibtischplatte.

Gerber fuhr fort. „Es war schon spät, und da hat es an der Tür geklingelt. Wir haben einfach nicht drauf reagiert. Auf einmal stand der Erwin im Flur. Wahrscheinlich ist er durch den Zugang von der Garage reingekommen. Die ist meistens offen. Zuerst war er ganz normal, und hat mich gefragt, was denn so wichtig sei. Dann hat er seine Frau gesehen und ist von einem Moment auf den nächsten völlig ausgerastet. Und plötzlich ist er wie wild auf mich losgegangen. Ich habe zuerst gedacht, der macht einen dummen Scherz. Dann habe ich aber sein Gesicht gesehen. In diesem Moment habe ich begriffen, dass er es bitter ernst gemeint hat. Hat irgendwas von einem Kind gebrüllt, das seine Frau von mir erwarten würde. Ich wusste überhaupt nicht, was er damit gemeint hat. Ich hatte doch nie was mit Frau Steinberger. Gut, ich hab schon mal nach ihr geguckt. Sie sah ja auch nicht schlecht aus, und wir hatten fast jeden Tag miteinander zu tun. Aber mehr war da nicht. Ich wollte was sagen, aber Erwin war völlig durch den Wind, der hat überhaupt nicht mehr zugehört. Ich habe echt geglaubt, dass er mich abmurksen will. Kommt auf mich zugerannt und schlägt ohne Vorwarnung zu. Ich konnte mich gerade noch wegducken beim ersten Schlag. Rosi hat sich dazwischengeworfen, um ihn irgendwie aufzuhalten. Hat noch was geschrien. Fragen Sie mich nicht was. Mit einem Mal hat Erwin sich auf Rosi gestürzt und hat sie gewürgt. Ich wollte ihn bei den Schultern packen und von Rosi wegziehen. Aber ich habe das nicht geschafft, Erwin hat zugedrückt wie besessen. Ich habe dann versucht, seine Hände von Rosis Hals zu lösen, da war aber nichts zu machen. Der Kerl hat unheimliche Kräfte entwickelt. Ich wusste nicht mehr, was ich machen sollte und habe ihn heftig gestoßen. Ich verlor das Gleichgewicht und wir sind zu dritt umgekippt. Als wir alle auf dem Boden lagen, hatte er immer noch nicht losgelassen. Ich hab wirklich gedacht, er bringt sie um, und bekam es mit der Angst zu tun. Auf einmal lag dann der Hammer in meiner Hand. Tags zuvor gab es an meinem Schuhschrank im Flur etwas zu reparieren und die Werkzeugkiste war noch nicht weggeräumt. Da lagen noch ein paar Werkzeuge auf der Kiste, auch mein Hammer, und damit habe ich dann zugeschlagen. In diesem Moment sind die beiden auf die Seite gekippt und ich erwischte nicht Erwin, sondern Rosi voll an der Schläfe. Da hat die Rosi die Augen so seltsam verdreht, und Erwin und ich schauten uns ganz erschrocken an und sind aufgestanden. Es war plötzlich ganz still in der Wohnung. Der Erwin ist ein paar Schritte zurück, hat an der Wand gelehnt und seine Frau angestarrt!“

Gerber machte eine kurze Pause. Die beiden Beamten schwiegen. Hauptkommissar Gehring wartete. Jetzt nur keine Fragen. So wie Gerber jetzt redete, würde irgendwelches Nachfragen vielleicht alles verderben, und er würde wieder dichtmachen.

„Ich war wie vom Donner gerührt. Ich hab den Hammer auf den Boden geworfen. Dann bin ich zu Rosi und habe mich vor sie hingekniet. Sie hat sich nicht mehr gerührt. Ich hab geglaubt, sie sei tot. Dann habe ich den Erwin angesehen. Ich wollte mir den Hammer wieder nehmen, und beinahe wär ich auf ihn losgegangen. Dann habe ich das Ding aber liegen lassen. Und Erwin fing an zu reden“, fuhr Gerber fort. „Er war auf einmal ganz ruhig geworden und sagte, ich hätte sie umgebracht. Ich meinte, das habe ich nicht gewollt, und es sei doch ein Unfall gewesen, überhaupt sei doch er daran schuld, weil er so durchgedreht sei. Er hat die Augen zusammengekniffen und ein Papiertaschentuch aus seiner Tasche gezogen. Damit hat er sich den Hammer geschnappt. Ja, und ehe ich noch überlegen konnte, ist er abgehauen. Mitsamt dem verflixten Hammer und meinen Fingerabdrücken drauf. Verstehen Sie?“

Stefan Gerber schaute resigniert zu Boden. „Ich hatte wohl einen rabenschwarzen Tag und habe alles verkehrt gemacht!“

Gehring schaute ernst. „Das kann man wohl so sehen. Aber lassen wir das erst mal. Wie ging es dann weiter? Wie ist die Leiche in den Garten nach Oberrad gekommen? Und wer in drei Teufels Namen hat die Leiche derart mit der Sense zugerichtet? Und warum?“

„Ja, das ist ja das Ding. Das mit der Sense! Als ich das erste Mal davon gehört hatte, wie die Frau Steinberger umgekommen sein soll, wusste ich gar nicht, was gemeint war. Und das weiß ich bis jetzt nicht. Glauben Sie mir das bitte!“

Ein panischer Blick Gerbers streifte die Kommissare. Nervös redete Gerber weiter. „Stellen Sie sich doch einmal meine Situation vor: Ich saß mit einer Toten in meinem Haus. Und hatte sie selbst niedergeschlagen. Da hat auf einmal das Telefon geklingelt und Erwin war dran. Er meinte, ich hätte jetzt wohl den Schwarzen Peter gezogen. Und ich solle nur sehen, wie ich die Leiche los werde. Das wäre wohl besser für mich. Und dass er die Tatwaffe habe. Mit meinen Fingerabdrücken. Wenn er die der Polizei zukommen lassen würde ... dann fing er davon an, dass er sich wieder melden würde ... na ja, ich habe dann einfach aufgelegt. Und versucht nachzudenken. Mir kam dann schnell die Idee, die Leiche in den Garten zu fahren und dort abzulegen, vielleicht um irgendwie abzulenken von meinem Haus, vielleicht auch nur um den Kreis der Verdächtigen zu erweitern oder so ... ich kann es Ihnen nicht mehr sagen, ich weiß es wirklich nicht!"

Gehring wollte gerade eine Frage nachschieben, als ihm sein Kollege Reichard zuvorkam. „Und dann hat sich der Herr Steinberger wieder bei Ihnen gemeldet, war es nicht so?" Kommissar Reichard hatte offenbar eine Eingebung. Gerber schaute ihn ausdruckslos an. Er beugte sich nach vorne und schlug die Hände vors Gesicht. So saß er eine Weile. Als er wieder aufblickte, begann er erneut zu reden.

„Dieses Schwein. Als ich wieder auf dem Heimweg vom Garten war, klingelte mein Handy. Da war er wieder dran. Und er wollte nichts hören von der Idee, die Sache einfach unter Freunden aus der Welt zu schaffen. Ich hätte bestimmt niemandem was erzählt. Aber er wollte auf einmal Geld von mir. Sagte, ich hätte seine Frau umgebracht und dafür solle ich nun bezahlen."

„Fünfzigtausend Euro, richtig? Er wollte fünfzigtausend Euro für den Hammer?“ Reichard hatte richtig geraten.

„Ja, genau. Er wollte erst das Geld, und dann wollte er das Werkzeug verschwinden lassen. Er war sich so sicher. Ich sollte ihm das Geld einfach in den Briefkasten werfen, nach Hause gehen und ihn dann anrufen. Was sollte ich denn tun? Er hat mich danach zu Hause angerufen. Und sich ganz zynisch bedankt. Ich wollte dann, dass er mir den Hammer gibt und fragte ihn, wie ich an das Ding käme. Er aber meinte, der Hammer wäre bei ihm gut aufgehoben, und sei gut verwahrt, er hätte sogar einen Ehrenplatz. Es könne also überhaupt nichts passieren. Da habe ich gewusst, dass das bestimmt noch nicht alles war.“

„Und dann sind Sie zu Steinberger gefahren und wollten sich den Hammer und das Geld zurückholen. Weil Sie genau wussten, das er Sie weiter erpressen würde. Dann gab es Handgreiflichkeiten, und Sie haben ihn getötet. Und Sie haben sich das Geld auch wieder geholt. Nur die Tatwaffe konnten Sie nicht finden. Weil sie nämlich schon weg war.“

Gerber riss die Augen auf. „Was, getötet, nein, wieso? Ich war nicht bei Erwin. Was soll das heißen, Erwin ist tot? Was erzählen Sie da? Sie wollen mich reinlegen! Sie wollen mir irgendwas unterschieben. Reicht das alles denn nicht schon? Was ist denn passiert um Gottes Willen?“ Er wirkte gequält, blickte nervös um sich und sprang auf.

Ein Streifenpolizist drückte ihn unsanft zurück auf seinen Stuhl. „Soll ich ihm Handschellen ...“ „Nein, schon in Ordnung!“ Gehring schien Gerber zu glauben. „Steinberger wurde in seiner Wohnung angegriffen und dabei schwer verletzt. Dann erklären Sie mir jetzt mal, Herr Gerber: Wenn Sie das nicht waren, wer kann das sonst gewesen sein?“

„Ich habe keine Ahnung, woher soll ich das wissen? Es war alles genauso, wie ich gesagt habe. Mehr weiß ich nicht. Und bei Erwin war ich nur, als ich ihm das Geld eingeworfen habe!"

„Gut, Herr Gerber. Aber selbst wenn ich Ihnen das jetzt glauben sollte, wir müssen Sie bitten, erst einmal unser Gast zu bleiben." Gehring machte eine bedauernde Geste und bedeutete den uniformierten Kollegen, Herrn Gerber abzuführen.

„Soll ich jetzt den Fander holen lassen?" Kommissar Reichard wirkte überaus eifrig.

„Ja, Reichard, machen Sie das mal." Gehring nickte zufrieden.

–

„Also, Herr Fander!" Kriminalhaupkommissar Gehring schaute Michael Fander streng an. „Sie wissen, warum Sie hier sind?"

„Nun ja", begann Mick unsicher, „ich nehme an, es geht noch einmal um den Tod von Frau Steinberger, oder?" Fragend blickte er in die Runde.

Gehring bluffte. „Nicht ganz, Herr Fander. Steinberger stimmt schon. Aber nicht Frau, sondern Herr."

Fander öffnete den Mund und wirkte schockiert. Er wollte etwas sagen. Der Hauptkommissar ließ ihn aber nicht zu Wort kommen. „Zuallererst aber möchte ich von Ihnen wissen", trieb er Mick in die Enge, „was das für Geld ist, das wir bei Ihnen gefunden haben. Woher Sie das haben und wofür Sie es bekommen haben. Ich habe nachgezählt. Achtundvierzigtausendfünfhundert Euro." Gehring kraulte sich am Kinn. „Das ist kein Pappenstiel!“ Er schaute Fander erwartungsvoll an. „Also?“

Fander war verzweifelt. Hätte er wenigstens das verdammte Geld liegengelassen. Und was meinte der Kommissar mit seinen Andeutungen? War Erwin wirklich tot? Er hätte nach ihm sehen müssen, einen Krankenwagen rufen, anstatt sich in Panik davonzumachen. Und vorher war er auch noch zum Dieb geworden. Er hörte das Blut in seinen Ohren rauschen.

„Was ist mit dem Erwin? Ist er wirklich ... ich meine ist er ...?“ Er wagte es nicht auszusprechen. Er fühlte sich so elend wie noch nie in seinem Leben. Erst die Geschichte mit Rosi, das war ja schon grauenhaft. Vielleicht wollte die Polizei ihm das auch noch anhängen?

Mick Fander entschloss sich, die ganze Geschichte wahrheitsgemäß zu erzählen. Wie er zu Erwin gegangen war, die Eingangstür offen fand, Erwin Banknoten zählend auf dem Küchenboden knien sah und wie sie sich gegenseitig die Verantwortung an Rosis Tod zugeschoben hatten. Wie es zum Kampf gekommen war, bei dem schließlich Erwin mit dem Kopf auf eine Schrankkante geknallt war. Er erzählte noch, dass er das viele Geld eingesteckt hatte und wie leid ihm das alles täte.

„Und aus welchem Grund haben Sie diese seltsame Nachricht und diese Sense an das Gartenhaus gelehnt? Wollen Sie den Motorradclub aus dem Garten raus haben? Das hätten Sie doch auch anders erreichen können.“ Gehring wagte einen neuen Vorstoß.

„Wie, was denn für eine Sense?“ Fander wirkte aufrichtig erstaunt. „Was erzählen Sie denn da? Hören Sie, das ist doch jetzt alles egal. Bitte sagen Sie mir doch, was mit dem

Erwin ist ..." Er schaute den Hauptkommissar flehentlich an.

Gehring gab seinem Herz einen Stoß. Irgendwie tat Fander ihm leid. „Der Herr Steinberger liegt im Krankenhaus. Es geht ihm den Umständen entsprehend gut. Und wenn er aus dem Krankenhaus kommt, wird er keine Schäden haben, die er nicht vorher schon gehabt hätte."

Das Telefon klingelte und Gehring hob schnell ab. „Herr Kuhl, was kann ich für Sie tun? Was? Ist Ihnen wieder eingefallen ... was? Das gibts doch nicht, Sie sagten doch ... na klar, muss ja überhaupt nichts heißen, nein, nein. Auf jeden Fall. Vielen Dank noch mal, Herr Kuhl!"

Fander war bei dem Namen Kuhl aufmerksam geworden, wagte aber nicht weiter nachzufragen. Er schaute groß, als der Hauptkommissar ihm sagte, er könne nach Hause gehen. „Sie halten sich aber bitte zu unserer Verfügung".

Mick Fander machte, dass er rauskam. Lewie würde ihm zwar Löcher in den Bauch fragen, aber egal. Jetzt würde er seinen Deckel noch um ein paar Gläser des dunklen irischen Gebräus erweitern. Unbedingt!

19

Die Kommissare standen vor dem zweistöckigen Wohngebäude auf dem Mühlberg. Gehring schaute auf das rechteckige Fach im Klingelbord, in welches das Namensschild eingesteckt war. Er musterte das Schildchen genauestens. Kuhl hatte recht gehabt. Na, das war ja ein Ding. Nach dem Betätigen der Türklingel meldete sich eine resolut klingende weibliche Stimme. „Hallo? Wer ist denn da?"

„Frau Hirtzinger? Entschuldigen Sie bitte. Mein Name ist Gehring. Ich bin von der Polizei. Ist Ihr Mann zu Hause? Ich müsste ihn sprechen."

Es entstand eine kurze Pause. Dann hörten die Kommissare, wie etwas in die Wohnung gerufen wurde. Es dauerte nicht lange, bis der Türöffner summte. Die resolute Stimme ließ sich noch einmal vernehmen: „Erster Stock links."

Gehring drückte die Tür auf, betrat den Hausflur und hielt die Tür geöffnet, bis Kommissar Reichard ebenfalls im Inneren des Hauses stand. Die beiden Polizisten stiegen in den ersten Stock. Die Tür zur Wohnung der Hirtzingers war noch geschlossen. Gehring spürte deutlich, wie sie durch den Spion argwöhnisch gemustert wurden. Dann wurde die Tür einen Spalt göffnet, gerade so weit, wie es die vorgelegte Sicherheitskette zuließ. „Sie haben doch sicher einen Ausweis oder eine Dienstmarke?"

Georg Gehring zog seinen Dienstausweis aus dem Inneren seines Mantels und hielt ihn ungefähr in Augenhöhe vor den Türspalt. Ein misstrauischer Blick traf ihn. Dann bewegte sich eine Hand aus dem Türspalt und nahm ihm den Ausweis aus der Hand. Es dauerte einen Augenblick, dann hörte er das Rasseln der Sicherheitskette. Die Tür schwang auf und eine kräftige ältere Dame in einer weißblau geblümten Kittelschürze stand vor ihnen. „Sie müssen verstehen, Herr Kommissar, man liest so viel in der Zeitung. Ich muss doch wissen, ob ..." Sie machte eine kurze Pause. „Wir sind halt ältere Leut, und da denken bestimmt manche, sie könnten ..." Den Rest des Satzes ließ sie im Raum stehen.

„Sie haben das genau richtig gemacht, Frau Hirtzinger. Sie sind doch Frau Hirtzinger? Ja? Wir wären froh, wenn alle Menschen so umsichtig wären. Übrigens nicht nur die älteren Leute." Er wies mit der Hand auf seinen Kollegen. „Das ist übrigens Kommissar Reichard." Reichard nickte der Frau freundlich zu.

Frau Hirtzinger bat Gehring und Reichard in eine große Wohnküche und wies den beiden einen Platz an einem rechteckigen Tisch zu. Eine bunte Wachsdecke, die an den Ecken jeweils von zwei Metallklammern gehalten wurde, bedeckte das massive Küchenmöbel. An der schmalen Seite des Tisches, auf einer gepolsterten Eckbank aus Eichenholz, saß ein missmutig schauender älterer Mann. Sein Alter war schwer auszumachen, aber Gehring schätzte ihn ungefähr auf Mitte sechzig.

Gehring und Reichard hatten mittlerweile Platz genommen. Frau Hirtzinger war stehengeblieben und hatte sich an den alten Gasherd gelehnt, der zusammen mit einer großen Ablage rechts vom Eingang der Küche stand.

Hauptkommissar Gehring musterte den Alten. „Herr Hirtzinger, wir …“ Unwillig schüttelte Alois Hirtzinger den Kopf. „Soweit musst es ja kommen. Jetzt haben schon unbescholtene Bürger die Polizei im Haus. Kümmert euch lieber um diese Krawallbrüder da, die mit ihren lauten Maschinen. Ich möcht bloß wissen, ob die nicht damals doch meine Tomaten … aber mir glaubt ja keiner. Jeder kann ja heutzutage machen, was er will.“ Grantig schaute er Kommissar Reichard an.

Reichard hatte seine Stirn in Falten gelegt und schaute Georg Gehring an, als wolle er ihm etwas Wichtiges mitteilen. Der hatte der Rede allerdings auch genau zugehört und ihm war der gleiche Begriff aufgefallen wie Reichard auch.

„Ganz genau darum geht es. Um die Krawallbrüder.“

Alois Hirtzinger schaute triumphierend. „Ich habs doch gleich gewusst. Habt ihr endlich jemand von denen verhaftet? Ich meine wegen der toten Frau da im Garten. Da musste ja irgendwann mal so was passieren!“

„Herr Hirtzinger, das mit den Krawallbrüdern meine ich anders. Dieser Ausdruck aus Ihrem Mund macht mich irgendwie nachdenklich.“ Georg Gehring griff in seinen Mantel und förderte einen Plastikbeutel zutage. Diesem entnahm er einen Umschlag, griff hinein und entfaltete ein Papier in kräftiger rosa Farbe. Er hielt es Alois Hirtzinger vor die Nase. „Na, kennen Sie das noch? Sollten Sie eigentlich. Ist ja noch nicht lange her. Da stehts doch drauf. *KRAWALLBRÜDER*. Ja, das ist doch Ihr Ausdruck. Und wenn ich runter gehe, zu Ihrem Klingelschild, und das Papier Ihres Namensschildchens dort mit diesem hier vergleiche, dann werden wir feststellen, dass das genau diese Art von Papier ist.“

Hirtzinger schnappte nach Luft. Er wollte etwas entgegnen, brachte jedoch kein Wort hervor.

„Und damit noch nicht genug, Herr Hirtzinger, was glauben Sie, wo wir das hier gefunden haben?“ Der Alte drehte den Kopf zu Kommissar Reichard und schaute nun fassungslos. Reichard hielt ein graues Schlüsselmäppchen mit der rechten Hand in Kopfhöhe. „Und was meinen Sie? Wo könnten diese Schlüssel passen? Müssen wir das erst ausprobieren?“

Gehring erschrak regelrecht, als Frau Hirtzinger plötzlich neben dem Küchentisch stand. „Hach, jetzt versteh ich, deshalb hast du neulich mitten in der Nacht auch noch geklingelt und mich aus dem Schlaf gerissen, du alter Saufbruder! Kannst nicht mal auf deine Schlüssel aufpassen“, schrie sie ihn wütend an. „Was drückst du dich auch mitten in der Nacht in der Weltgeschichte herum, da ...“ „Jetzt halt endlich die Klappe, du alte Kneifzange“, zischte er seine Frau an. „Merkst du denn nicht, was du hier anrichtest?“

Mit leiser Stimme wendete sich Georg Gehring an den alten Mann. „Wollen Sie uns denn nicht erzählen, was wirklich passiert ist? Sie sehen doch, wir wissen schon alles! Auch das mit der Sense!“

Hirtzinger erschrak sichtlich. Dann sank er in sich zusammen. Er saß auf seiner Eckbank und hatte die Hände vors Gesicht geschlagen.

„Also gut“, flüsterte er. Er hob den Kopf, traute sich aber nicht, seiner Frau ins Gesicht zu sehen. „Lass uns alleine, Isolde, bitte, setz dich ins Wohnzimmer“, bat er seine Frau mit heiserer Stimme.

Die schaute die beiden Polizisten verunsichert an. Von ihrer resoluten Art war nicht mehr viel übrig geblieben. Sie schien zu spüren, dass hier irgendwas ganz und gar nicht in

Ordnung war und wirkte auf einmal sehr verschüchtert, fast ängstlich.

Gehring schaute sie an. „Ist schon recht, Frau Hirtzinger, lassen Sie uns bitte alleine, ja?“

Die Frau schlurfte aus dem Zimmer und schloss die Küchentür leise hinter sich.

„Ich war doch nur zufällig da“, begann Hirtzinger. „Musste einfach noch mal zu Hause raus. Die Alte hat mich so genervt, was glauben Sie denn. Sie habens doch eben mitgekriegt. Wollte noch irgendwo ein Bier trinken. Da bin ich zuerst durch die Gärten gelaufen, wegen der frischen Luft. Ich hab dann gesehen, wie sie in den Garten gebracht worden ist. Keine Ahnung, wer das war. Als das Auto weg war, bin ich rein. Da hab ich sie dann liegen gesehen. Ja verdammt, sie war schon tot. Da war es doch ganz egal. Ich wollte halt, dass sofort jeder glaubt, dass einer von diesen verdammten Motorradfahrern sie umgebracht hat. Und da lehnte ja diese alte Sense und da hab ich ... sie war doch schon ...“ Alois Hirtzinger versagte die Stimme.

Gehring fühlte, wie ihm das Blut aus dem Gesicht wich. Er atmete tief durch. Damit hatte er nun nicht gerechnet. Als er eben die Sense erwähnte, hatte er keineswegs das Mähwerkzeug gemeint, mit dem Rosi Steinberger getötet wurde. Er hatte von der zweiten Sense gesprochen, von der Sense, die Wolfhard Kuhl mit der bewussten Nachricht gefunden hatte. Diese Aktion hatte er dem Alten schon zugetraut. Aber einen Mord?

Gehrings ungläubiger Blick traf Hirtzinger. „Damit ich das richtig verstehe, Herr Hirtzinger, Sie haben also die Sense in die Hand genommen, sind zu der am Boden liegenden Frau gegangen und haben damit auf sie eingehauen. Wollen Sie uns das etwa sagen?“

Hirtzinger klappte den Mund auf, klammerte sich mit beiden Händen fest an den Küchentisch. Weiß traten seine Fingerknöchel hervor. „Aber sie war doch schon tot“, wiederholte er verzweifelt. Beschwörend wechselte er den Blick zwischen den beiden Polizisten. „Ich hab doch im Leben noch niemand was getan. Und da dacht ich mir ... da habe ich ...“, wieder brach er seine Rede ab.

Fassungslos schaute Hauptkommissar Gehring den alten Mann an. Alles in ihm sträubte sich, das zu glauben, was er soeben gehört hatte.

„Herr Hirtzinger, die Tote hatte zwei Arten von Verletzungen. Zum einen die, die durch einen Schlag an die Schläfe herbeigeführt wurde. Diese führte zu einer langen und tiefen Ohnmacht des Opfers. Zum anderen fanden sich am Hals des Opfers die Verletzungen von den Sensenhieben. In der Gerichtsmedizin hat man zweifelsfrei festgestellt, dass die Schläfenverletzung nicht den Tod der Frau verursacht hat.“

Wieder holte der Hauptkommissar tief Luft. Für einen Moment lenkte er seinen Blick auf die Küchenuhr. Seine Augen folgten dem dünnen Sekundenzeiger, der mit gleichmäßigen Sprüngen seine Runden zog. Es war nur noch das leise Ticken des Uhrwerks zu vernehmen.

Und doch schien es, als wäre die Zeit in diesem Moment stehengeblieben. Eine bedrückende Stille hatte Besitz von den drei Männern ergriffen.

Georg Gehring fasste sich als Erster wieder. Er guckte Alois Hirtzinger traurig an. „Herr Hirtzinger, es mag vielleicht alles so sein, wie Sie es sagen. Ich will Ihnen auch gerne glauben, dass Sie das nicht wollten. Aber ich kann nur versuchen Ihnen zu erklären, dass Sie diese Frau getötet haben!"

Hirtzinger starrte ausdruckslos vor sich auf den Küchentisch. Er strich mit beiden Händen über die Oberfläche der Wachsdecke, so, als wolle er etwas abwischen. Kommissar Reichard war sich nicht sicher, ob der Alte verstanden hatte, was der Hauptkommissar ihm mitgeteilt hatte.

„Hätten Sie einen Krankenwagen gerufen oder wenigstens sofort die Polizei benachrichtigt, könnte diese Frau noch leben, verstehen Sie das, Herr Hirtzinger? Hallo, Herr Hirtzinger!" Reichard schüttelte hilflos den Kopf.

„Kommen Sie, Herr Hirtzinger. Sie müssen uns nun begleiten. Das verstehen Sie doch?" Gehring war aufgestanden und hatte Alois Hirtzinger die rechte Hand auf die Schulter gelegt.

20

„Den Hirtzinger kannst du ja jetzt nicht mehr damit ärgern. Der sitzt erst mal eine Zeit lang fest. Und da deine Sense immer noch bei der Polizei ist, haben wir gedacht ... na ja, schau eben mal selber.“ Herbert Reinfeld deutete auf das verdächtig große Paket, das in der Mitte des Thekenraums stand. Kuhl hatte das jährliche Fest des Motorradclubs genutzt und gleichzeitig zu seinem Geburtstag geladen. So hatte man sich im Vereinsheim auf dem Oberräder Gartengelände getroffen. Draußen war es kalt geworden, es regnete, doch der kleine eiserne Ofen verbreitete eine behagliche Wärme im Inneren des Gartenhauses. „Ach ja, und herzlichen Glückwunsch von uns allen!“ Reinfeld schaute erwartungsvoll in die Runde.

Kuhl strahlte über das ganze Gesicht. Er schlüpfte kurz hinter die Theke und holte ein kleines Messer aus einer Schublade. Dann ging er vor dem Paket in die Hocke. Wo hatten sie nur dieses Geschenkpapier her? Kleine rote, gelbe und grüne Motorräder auf weißem Grund, wie passend. Kuhl kappte das Geschenkband und begann mit den Fingernägeln am Klebeband herumzupicken. Doch schnell war seine Geduld erschöpft und er zeriss das Papier.

„Mensch, Wolfhard, das schöne Papier. Da kann man doch noch ...“ Ein Blick Kuhls über den Rand seiner Brillengläser ließ Kristin Kuhl nur kurz verstummen.

„Na gut, es ist ja jetzt dein Papier, aber …“ Kuhls aufgeregte Stimme kam dazwischen. Er hatte den Inhalt der Kiste erkannt „Das gibts doch nicht, ein Motormäher, mein lieber Mann, da habt ihr euch aber in Unkosten gestürzt!“ Und fügte verschmitzt hinzu: „Ihr sollt doch wegen mir nicht so viel Geld ausgeben …“

Herbert Reinfeld gab sich generös. „Weißt du, Kuhl, wir wissen ja, dass du eigentlich nicht auf so was stehst.“ Er machte eine großzügige Geste. „Aber das hier ist das modernste Gerät das es auf dem Markt gibt. Mit allem drum und dran. Mäht fast von alleine. Und wenn du mal keine Zeit hast“, er stockte kurz, „na ja, da haben wir auch mal ein bisschen an uns gedacht …“

Reinfeld guckte gespielt verlegen in die Runde. Dann schaute er Kuhl an und grinste breit. Kuhl begann zu lachen. „Alles klar, Leute, ist doch kein Problem. Ich danke euch recht herzlich. Freut mich wirklich sehr. Und hab ich nicht schon immer gesagt: manchmal muss man einfach mit der Zeit gehen!“ Er blitzte schelmisch in die Runde. „Ist das eigentlich ein Zwei- oder ein Viertakter?“

Ein Geräusch wie der Leerlauf einer billigen Kettensäge ließ die Runde in diesem Moment aufhorchen. Das Geräusch kam aus Richtung des geteerten Feldweges, der vor dem Garten verlief, und näherte sich gemächlich dem Clubheim.

„Das da draußen hört sich zumindest an wie ein Zweitakter. Was ist denn da los? Kommt da noch einer?“ Herbert Reinfeld spitzte kurz die Ohren, dann ging er auf die Eingangstür zu. Als er die Tür aufzog, wurde das Geknatter lauter.

Ihm entging Kuhls breites Grinsen. Reinfeld starrte in

die Dämmerung. Als sich seine Augen an das Halbdunkel gewöhnt hatten, erkannte er die Ursache des ungewohnten Lärms. Ein Motorradgespann war auf der Wiese vor der Hütte zum Stehen gekommen. Reinfeld konnte eine Gestalt ausmachen, die nun nach dem Zündschlüssel in der Lampe griff, ihn drehte und herauszog. Der Motor und mit ihm das aufgeregte Geknatter erstarben. Der Fahrer des Gespanns stieg ab und schüttelte sich, um das Regenwasser loszuwerden. Eine eher symbolische Geste. Der Gespannfahrer hatte sich einen Halbschalenhelm über den Kopf gestülpt. Seine Gestalt steckte in einer alten orangefarbenen Regenkombi. Aus dem Seitenwagen ragte ein länglicher Gegenstand, der in einige Plastiktüten verpackt war.

In diesem Moment erkannte Herbert Reinfeld das Fahrzeug. Er drehte den Kopf nach hinten. „He, Kuhl, das ist doch dein MZ-Gespann?“ Fragend blickte er Kuhl an.

„Na klar, Herbert, das habe ich doch verliehen. War noch nicht abgemeldet, als ich die BMW geholt hatte. Man kann ja nie wissen ...“

Reinfeld erschrak, als er wieder in den Garten hinaussah. Die hagere Gestalt mit dem altmodischen Helm auf dem Kopf kam auf die Tür zugelaufen. Der Unbekannte hatte den länglichen Gegenstand aus dem Beiwagen über die Schulter gelegt, was ihm in der beginnenden Dunkelheit etwas Gespenstisches gab. Denn eine Sense blieb auch eingepackt eine Sense.

Reinfeld öffnete die Tür weiter, als er Karlo Kölner erkannte. „He, das ist doch der Karlo! Du bist schon wieder raus? Das ging aber flott! Oder bist du einfach wieder abgehauen?“ Herbert Reinfeld grinste süffisant.

Kölner trat ein, lehnte die eingepackte Sense neben die

Tür und zog sich den Helm vom Kopf. Struppig standen seine Haare in alle Richtungen. „He, Jungs, alles klar? Vielen Dank für eure Hilfe. Weihnachten hätte ich ungern im Knast gefeiert! Ihr seid wirklich Kumpels. Das mach ich wieder gut, das verspreche ich euch!“

„Schon gut, Alter. Bring dich erst selbst mal wieder auf Kurs, bevor du anderen was versprichst.“ Wolfhard Kuhl ging auf Karlo zu und half ihm aus der etwas engen nassen Kombi.

Reinfeld, Kuhl und noch ein paar andere aus dem Club hatten zusammengelegt, um eine Kaution zu hinterlegen. So war sichergestellt, dass Karlo bis zu seiner Verhandlung auf freiem Fuß bleiben konnte. Reinfeld hatte ihm den versprochenen Job als Fahrer und Hausmeister in seiner Firma verschafft und die Freunde hatten sich geeinigt, dass Karlo wenigstens über den Winter noch im Clubheim wohnen durfte. Auf diese Weise war der Verdacht der Fluchtgefahr aus dem Weg geräumt worden. Und bis im Frühjahr sollte er wohl eine Wohnung gefunden haben. Kuhl hatte Karlo sein altes MZ-Gespann geliehen. Einerseits hatte Karlo so einen fahrbaren Untersatz und musste nicht wieder ein Polizeiauto entführen, andererseits konnte Katastrophen-Karlo an der alten Möhre nicht viel Schaden anrichten.

Erwin Steinberger lag noch im Krankenhaus, blickte aber wegen seiner Erpressung auch einem gerichtlichen Verfahren entgegen. Die meisten der Mitglieder waren dafür, Erwin aus dem Club auszuschließen. Die Erpressung Gerbers war einfach zu viel gewesen, auch wenn Gerber nicht unbedingt ein enger Kumpel war. Aber so was war eben nicht zu tolerieren. Indessen gab es aber beruhigende Neuigkeiten für die Clubmitglieder zu verkünden. Der Antrag bezüglich der Erschließung des Geländes war abgelehnt worden. Mick Fander hatte signalisiert, das Gelände auf jeden Fall verkaufen zu wollen. Und der Club war nicht abgeneigt, das nötige Geld zusammenzulegen, um das Gelände langfristig als Treffpunkt zu sichern.

Als sich Karlo aus seiner Kombi geschält hatte, griff er zu der eingepackten Sense an der Tür.

Kristin Kuhl wurde blass. „Nein, nicht schon wieder eine Sense. Das ist jetzt die dritte innerhalb von ein paar Wochen, ich ...“

Sie brach ab, als sie Karlo schmunzeln sah. Er ging auf Kuhl zu. „Herzlichen Glückwunsch, Kuhl, hier, das ist eigentlich auch ein Gruß von unserem Hauptkommissar. Hat er bei seinem Edelversandhaus für mich bestellt. Die Creme aller heutzutage existierenden Sensen. Falls dir mal der Sprit ausgehen sollte für dieses neumodische Ding da.“ Karlo nickte mit dem Kopf in Richtung des neuen Motormähers und hielt Kuhl die eingepackte Sense vor die Nase.

Kuhl lag es auf der Zunge zu fragen, mit welchem Geld denn diese Sense gekauft wurde. Nach einem prüfenden Seitenblick auf seine Frau beschloss er, es besser bleiben zu lassen. Er zuckte ergeben mit den Schultern. „Danke, Karlo, lieb von dir. Aber schließt du sie diesmal bitte gleich weg?“

Reinfeld kam zu Kuhl und zu Kölner gelaufen und drückte beiden ein Bier in die Hand. Dann schnappte er sich seine eigene Flasche. „Und jetzt trinkt erst mal einen Schluck“, prostete er den beiden zu. „Auf dass euer nächster Urlaub klappt“, fügte er an Wolfhard Kuhl und seine Frau gewandt zu.

Kuhl drehte sich zu den anderen. „Apropos Urlaub. Was ist eigentlich mit unserer nächsten Clubausfahrt?“, fragte er unvermittelt. „Ins Allgäu oder endlich wieder einmal in die Vogesen?“

„Beides nicht schlecht“, nickte Reinfeld, „aber das ist doch nichts für heute Abend. Das ist doch eine ganz andere Geschichte“, ließ er vernehmen.

Womit er eindeutig recht hat ...

Auf ein Wort

Personen und Handlung dieser Kriminalgeschichte sind frei erfunden. Jede Ähnlichkeit mit lebenden Personen ist zufällig und unbeabsichtigt.

Beabsichtigt hingegen ist mein Dank an alle meine geduldigen Freunde und Bekannten, für ihre Unterstützung aber auch ihre wertvolle Kritik.
Das gilt insbesondere für meine Freundin Silvia, die alles hautnah miterlebt und trotzdem die Ruhe bewahrt hat, und die dieses Buch jetzt bestimmt auswendig kennt.

Der Autor